KB009258

DREAMBOOKS

DREAMBOOKS★

DREAMBOOKS★

DREAMBOOKS ★

Chai Van Krauser

발렌 판타지 장편소설

FANTASY STORY & ADVENTURE

마법군주

인 칼리스타

In Kallister

6

dream
books
드림북스

마법군주 6
선전 포고

초판 1쇄 발행 / 2010년 6월 3일
초판 3쇄 발행 / 2013년 1월 21일

지은이 / 발렌

발행인 / 오영배
편집장 / 권용범
책임편집 / 편집부
펴낸 곳 / (주)삼양출판사 · 드림북스

주소 / 서울특별시 강북구 송천동 322-10호
대표 전화 / 02-980-2112 팩스 / 02-983-0660
편집부 전화 / 02-980-2116 팩스 / 02-983-8201
블로그 / blog.naver.com/dreambookss

등록번호 / 제9-00046호
등록일자 / 1999년 3월 11일

ⓒ 발렌, 2010

값 8,000원

(주)삼양출판사 · 드림북스의 서면 허락 없이는 어떠한
형태나 수단으로도 이 책의 내용을 이용하지 못합니다.

ISBN 978-89-542-3560-0   04810
ISBN 978-89-542-3334-7   (세트)

* 지은이와 협의하에 인지는 생략합니다.
* 잘못된 책은 구입한 곳에서 바꾸어 드립니다.

마법군주
인 칼리스타

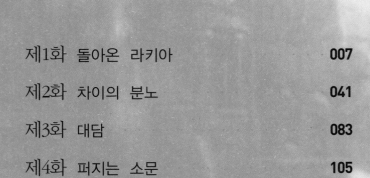

제1화

돌아온
라키아

맥카시 공작은 부들부들 몸을 떨었다. 도대체 되는 일이 하나도 없다. 키넌을 잃은 것으로도 모자라 이젠 라키아라니.

"공작 전하, 여기……."

수하가 내미는 잔을 빼앗듯 가져가며 공작이 벌컥벌컥 물을 마셨다.

"후우."

차가운 물을 마시니 그나마 속이 진정되는 것 같았다. 공작이 숨을 크게 들이키며 뒤를 돌았다.

그런 공작의 앞으로는 헤이스버트 백작과 콘로이 자작이 고개를 푹 숙인 채 시립하고 있었다. 그들은 감히 공작과 눈을 마주할 용기가 나지 않았다. 지금처럼 화가 난 공작의 모습은 그들로서도 거의 본 적이 없었다.

"아울."

"마, 말씀하십시오. 공작 전하."

낮게 깔린 공작의 음성에 헤이스버트 백작은 저도 모르게 말을 더듬었다.

성이 아닌 이름을 부른다는 건 공작이 인내심을 발휘해 분노를 참고 있다는 뜻이었다. 지금은 상관과 수하의 관계이지만, 둘은 한때 친구이기도 했다.

"자네는 어떻게 생각하나?"

"……무엇을 말씀하시는 것인지."

"난 말일세. 황궁에서 웨이트 남작의 아들을 보았을 때도 자네에게 아무 말 하지 않았어. 이미 지나간 일이라고 여겼거든."

"……."

"그런데 이제 라키아까지 살아 돌아왔군. 하하, 그래. 살아 돌아왔어. 살아 돌아왔다고. 그 라키아가 말이야."

새삼 다시 생각하니 맥카시 공작은 기가 막혔다. 처음에는 유령이라도 본 줄 알았다.

로스 백작이 가져온 라키아의 시체를 직접 눈으로 확인하지 않았던가? 그 자리에는 자신뿐 아니라 많은 귀족들이 참석해 있었다.

비록 부패해서 얼굴을 제대로 알아볼 수는 없었으나, 모두가 라키아가 죽었다는 것에 의심하지 않았다. 황제조차 멍하니 그의 죽음을 받아들였다.

그런데 5년이 지난 지금에서야 홀연히 나타났다. 조금 전 파티장에서의 일이 떠오르자 공작이 이마를 찌푸렸다.

"라키아 디 로드리게즈, 오랜만에 두 공작 전하께 인사드립니다."

후드를 벗으며 입가에 미소를 지은 채 자신을 소개하는 남자는 정말로 라키아였다.

예전보다 머리가 많이 자랐지만 남청색의 차가운 눈빛을 본 순간 공작은 한눈에 그를 알아보았다. 올려다봐야 할 만큼 큰 키도 여전했고, 두 눈에 적대감을 품고 있는 것 또한 그대로였다.

"라, 라키아?"

얼어붙은 공작들을 대신해서 입을 연 것은 어느새 다가온 로스 백작이었다. 라키아의 시신을 회수한 당사자이다 보니 그의 놀람은 누구보다도 컸다.

라키아의 시선이 그에게로 향했다. 도망을 치던 그에게 가장 심각한 부상을 입힌 건 동료였던 로스 백작이었다. 오랜만에 그의 얼굴을 보니 이제는 흉터만이 남은 오른쪽 옆구리가 다시 욱신거리는 느낌이었다.

"로스 백작님이군요. 그간 안녕하셨습니까."

생각 같아선 그날의 복수를 당장이라도 하고 싶지만 라키아
는 애써 그 마음을 눌러 참았다.

"자, 자네가 어떻게……?"

로스 백작은 말을 잇지 못했다. 그의 가슴은 오르락내리락
하는 것이 보일 정도로 격하게 뛰고 있었다.

'후후.'

심장이 벌렁거릴 만도 할 것이다. 그는 동료였던 것이 의심
스러울 정도로 누구보다도 라키아를 죽이고 싶어 했다. 라키
아를 향한 그의 집착은 명령을 넘어선 그 무언가가 있었다.

악귀처럼 달라붙던 로스 백작의 모습이 아직도 눈가에 선하
다. 라키아가 백작을 노려보며 어깨를 으쓱였다.

"어떻게 살아 있냐고 물으시는 거라면 운이 좋았습니다. 로
스 백작님께서 제 대신 다른 분의 시체를 가져가시는 바람에
추격에서 벗어났으니, 감사 인사라도 해야 하는 건 아닌지 모
르겠네요."

"……!"

웃으며 말하고 있지만 라키아가 그를 조롱하고 있음을 여기
모인 자들 중 모르는 사람은 없었다.

하지만 로스 백작을 포함해서 누구도 함부로 입을 열지 못
했다. 그것을 비웃기라도 하듯 라키아의 말이 이어졌다.

"아, 옆구리의 상처라면 다 나았으니 너무 미안해하지 마십

시오. 제가 수련을 게을리 했던 모양입니다. 백작님의 검에 부상을 다 당하다니 말입니다."

그때만 생각하면 어이가 없다는 듯 라키아의 얼굴에 실소가 피었다.

로스 백작의 입술이 모멸감으로 부르르 떨렸다. 공개된 장소에서 모욕을 당하고 있으면서도 그는 아무런 말도 할 수 없었다.

라키아의 시신을 황도로 압송하면서 득의양양했던 그날의 기억이 떠오르자 오히려 얼굴이 화끈거렸다.

공작에게 문책을 당하는 건 두 번째 문제였다. 라키아가 살아 돌아옴으로써 그는 제국민 모두에게 웃음거리가 되고 말았다.

"왜 아무도 말씀이 없으십니까? 설마 다들 제가 죽기라도 바라신 겁니까?"

라키아의 말투는 장난스러웠지만 분위기는 납덩이처럼 무겁게 가라앉았다. 잠시 침묵이 사위를 맴돌며 칼날 같은 긴장감이 흘렀다.

"하하, 험한 말버릇은 여전하군."

모두가 눈치를 살피기 바쁠 때, 먼저 입을 연 것은 타운젠드 공작이었다. 그가 한결 진정된 음성으로 라키아를 보며 반가운 표정을 지었다.

"그렇습니까?"

반기는 저 표정 뒤에 과연 무엇이 숨어 있을까. 라키아는 그것이 궁금했다.

"잘 왔네."

타운젠드 공작이 웃으며 악수를 청했다.

"건강한 것 같아 보기 좋군."

"공작 전하께서도 무탈해 보이십니다."

"나야 다 늙었지. 자네 같은 인재가 이제라도 살아 돌아와서 정말 다행이네. 폐하께서 미리 언질이라도 해주셨으면 이리 놀라지는 않았을 것을."

공작이 황제를 언급하자 라키아의 눈가가 차갑게 식었다.

"폐하께서는 모릅니다."

"……?"

"황도로 가기 전에 공작 전하의 생신을 축하드리고 싶어 이곳을 먼저 찾았습니다. 그러니 폐하께 전혀 서운해하실 필요 없습니다."

"그동안 칼리스타 백작과 함께 지낸 것인가?"

지금껏 조용하던 맥카시 공작이 물은 것은 그때였다. 차이의 존재가 여전히 그의 신경을 건드렸지만, 라키아 또한 무시할 수 없었다.

"네, 제가 신세를 좀 지었지요."

라키아와 리안의 시선이 잠시 마주쳤다. 그 모습을 두 공작이 날카롭게 지켜보았으나, 지금 상황에서 특별히 알 수 있는 것은 없었다.

"칼리스타 백작이 좋은 일을 했군. 로드리게즈 백작가의 누명이 벗겨진 마당에 라키아 경이 살아 돌아온 것은 아주 기쁜 일이오."

타운젠드 공작은 얼굴색 하나 변하지 않고 리안을 칭찬했다. 질세라 맥카시 공작도 거들었다.

"맞습니다. 사업에만 재능이 있는 줄 알았더니 앞을 내다보는 선견지명까지 갖추었군요. 참 탐나는 재주입니다."

"무슨 일이 있었는지 물어도 되겠는가?"

타운젠드 공작의 요청에 리안은 흔쾌히 지난 일을 털어놓았다. 물론 대부분이 사실이 아닌 거짓이었다.

"……그렇게 된 것입니다. 라키아 경의 기억이 돌아온 것은 채 한 달도 되지 않습니다. 그의 누명이 벗겨져서 얼마나 다행인지 모르겠습니다."

"허허, 말로만 듣던 기억상실증에 걸렸었다니……. 하마터면 영영 자네를 잃을 뻔했군."

아무리 누명이었다고 하지만 라키아는 역모를 저지르고 도망을 친 죄인이었다. 공작들이 작정하고 꼬투리를 잡는다면 라키아를 도운 리안이 곤란해질 수도 있다.

그래서 생각해낸 것이 기억상실증이었다. 여러 면에서 억지스러운 주장이긴 하지만 빠져나갈 명분은 그것으로 충분했다.

"기억은 모두 찾은 겐가?"

"네, 전부 다 되찾았습니다."

걱정스레 묻는 두 공작에게 라키아는 힘주어 말했다.

"가문의 일은 참으로 안되었네. 자네의 속이 말이 아니겠어."

"앞으로 어려운 일이 있으면 찾아오게. 내가 힘닿는 데까지 도와주겠네."

수상한 기색이 역력했지만 두 공작은 일단 라키아의 복귀를 환영하는 태도를 보였다. 그들은 이후로도 라키아가 돌아온 것에 대해 몇 차례 더 긍정의 말을 주고받다가 측근들과 함께 홀을 빠져나갔다.

과연 제국의 두 기둥다웠다. 다른 귀족들이 여전히 유령이라도 본 것처럼 굳어 있는 것에 비하면 그들은 여유로웠다.

이따금씩 차이를 향해 불안한 시선이 움직였지만, 그것은 리안만이 눈치 챌 수 있는 정도였다.

"건방진 놈."

맥카시 공작은 상념에서 벗어나며 낮은 욕설을 내뱉었다. 홀에서 마주했던 라키아의 도전적인 눈빛이 생각나자 절로 인상이 찡그려졌다.

모든 게 완벽하게 마무리가 되었다고 믿었던 일이 이제와 약속이라도 한 듯 한꺼번에 틀어지는 바람에 그는 과히 심정이 좋지 않았다.

리안이 말한 기억상실에 대한 얘기는 공작은 애초부터 믿지 않았다. 지나가는 개가 웃을 노릇이다.

5년 전 라키아의 몽타주가 제국 전역에 깔렸다. 기억을 잃은 게 사실이라고 해도 리안이 라키아를 알아보지 못했다는 건 말이 안 되었다.

둘 사이에 어떤 모종의 거래가 있었는지는 몰라도 칼리스타 백작은 라키아를 작정하고 살려준 것이었다.

"일을 어떻게 처리했기에 5년 전에 죽었어야 할 라키아가 살아서 돌아온 건지 아울 자네가 설명을 한번 해 보게. 캠린까지는 이해를 할 수 있었어. 하지만 라키아라니? 우리의 목적이 무엇이었는지 잊고 있었나?"

"죄송합니다."

벼린 칼과도 같은 맥카시 공작의 음성에 헤이스버트 백작은 더욱 낮게 몸을 움츠렸다.

5년 전 로드리게즈 백작가를 무너뜨린 음모는 헤이스버트 백작의 주도하에 이뤄진 것이었다.

남다른 재능을 가진 라키아를 제거하는 것이 일차적인 목표였고, 황제파의 주축 세력인 로드리게즈 백작가를 없애는 것이 두 번째 목적이었다.

결과적으로 생존한 사람은 라키아뿐이니 반은 성공이라고 볼 수 있었다.

하지만 다르게 생각하면, 라키아가 돌아왔으니 백작가는 재건이 될 것이다.

특출한 능력으로 본디부터 라키아는 제국민들에게 인기가 좋았다. 아마도 그 인기에 힘입어 그의 가문은 빠른 속도로 예전의 성세를 되찾으리라.

그렇게 되면 헤이스버트 백작은 한 게 아무것도 없는 것이나 마찬가지였다. 오히려 제국민들로 하여금 극적인 감정을 불러일으켜 라키아의 명성만을 높인 꼴이 되었다. 입이 열 개라도 할 말이 없는 상황인 것이다.

어쩌자고 일이 이렇게 되어 버렸는지 헤이스버트 백작은 현재 죽고 싶은 심경이었다.

"그때 분명 내가 로스 백작에게만 맡기지 말고, 우리 쪽에서도 따로 추격대를 보내라고 지시하지 않았나? 자네가 직접 끝장을 냈으면 놈이 어떻게 살아 돌아와!"

"죄, 죄송합니다. 로스 백작의 검에 라키아가 부상을 입었다는 말을 듣고 그만……."

헤이스버트 백작도 추격대를 고용하지 않은 것은 아니었다. 공작의 명을 거스를 만한 배짱 따위는 그에게 없었다.

다만 부상당한 라키아가 황궁 기사단에게 곧 잡힐 거라는 예상에 크게 신경을 쓰지 않은 것이 실수였다.

"저, 공작 전하."

당하는 백작이 안쓰러웠는지 콘로이 자작이 조심스럽게 앞으로 나섰다.

"로스 백작은 평소 라키아에게 악감정을 가지고 있던 자입니다. 열등감이라고 할까요? 어릴 때부터 천재 소리를 들으며 자란 라키아에게 지독한 열등의식을 가졌던 로스 백작은 라키아를 잡기 위해 누구보다도 혈안이 되어 있었습니다. 헤이스버트 백작님도 그래서 마음을 놓으셨을 겁니다."

"콘로이 자작, 자네 지금 백작을 두둔하는 것인가?"

신중하고 조용한 성격을 가진 콘로이 자작을 맥카시 공작은 많이 아끼는 편이었다. 하지만 오늘 만큼은 그도 예외는 아니었다.

"죄송합니다."

공작의 서슬 퍼런 눈길에 자작이 재빨리 머리를 조아리며 뒤로 물러났다.

맥카시 공작의 노기가 다시금 헤이스버트 백작에게로 쏘아졌다. 허리를 굽히고 있는 통에 보이는 것이라곤 그의 정수리와 등뿐이었다.

'하아.'

그것을 보고 있자니 이제와 그를 탓하면 무슨 소용인가 싶은 생각이 들었다.

라키아는 이미 돌아왔고 그의 가문은 복권되었다. 분명 상대는 원수를 찾아 복수를 하겠다고 다짐하고 있을 것이다.

이럴 틈이 없었다. 지난 일은 잊고 이쪽에서도 대책을 마련하는 것이 시급했다.

안일함이 가져온 대가를 백작도 뼈저리게 느꼈을 터. 공작은 애써 눈빛에서 서늘함을 지웠다.

"칼리스타 백작과 라키아 간에 거래가 있었을 게 분명하네. 그것이 무엇인지 샅샅이 알아오도록 하게."

"네, 공작 전하."

공작의 목소리 톤이 바뀌었다. 그 사실을 누구보다도 반갑게 여기며 헤이스버트 백작이 서둘러 대답했다.

"하고 많은 귀족 중에서 왜 하필이면 칼리스타 백작인지 그게 마음에 걸려. 콘로이 자작, 그의 약점은 아직인가?"

"빠른 시일 내로 다시 찾아보겠습니다."

"타운젠드 공작과 어떤 접촉을 하는지도 주의 깊게 살펴보게나. 오늘 초대받은 것을 보면 분명 뭔가 꿍꿍이가 있을 것이야."

"안 그래도 사람을 몇 명 붙여 놓았습니다. 타운젠드 공작 측과 교섭을 하는 즉시 연락이 올 겁니다."

"당분간 황제의 기가 살겠군."

라키아의 복귀는 지금의 황제에게 많은 것을 가져다 줄 수 있었다. 그가 돌아옴으로써 황제가 얻는 것은 단순히 소드 마스터 한 명이 아니었다. 나이는 어리지만 유년 시절부터 보이던 비범함 때문인지 제국에는 라키아를 흠모하는 이들이 적지 않았다.

칼리스타 백작과 사돈으로 맺어진 상황에서 라키아의 합세는 황제에게 날개를 달아준 격이라고 할 수 있었다.

'거기에 크라우저 후작까지⋯⋯.'

라키아도 라키아지만, 맥카시 공작을 가장 긴장하게 만드는
건 차이의 등장이었다.

그가 갑자기 이곳에 모습을 드러낸 이유가 무엇일까. 세상
과 등을 지고 살아가던 그가 어째서 그들과 함께 나타난 것인
지 맥카시 공작은 그것을 알아내야 했다.

＊　　　＊　　　＊

"면목 없습니다."

로스 백작의 침울한 음성이 방 안 가득 울려 퍼졌다. 타운젠
드 공작을 향해 한쪽 무릎을 굽히고 고개를 숙이고 있는 그는
어떤 벌이든 달게 받을 각오가 되어 있었다.

"일어나게."

"아닙니다. 벌을 내려주십시오!"

오늘의 로스 백작을 있게 한 건 반 이상이 타운젠드 공작 덕
분이었다. 가난한 몰락 귀족의 아들로 태어난 그를 공작이 직
접 거두어 무예를 가르치고 지금의 자리에 앉힌 것이다.

스스로에 대한 자부심이 지나칠 정도로 넘치는 백작이지만,
타운젠드 공작 앞에서만큼은 작아질 수밖에 없었다.

"자네가 가져온 시신은 나는 물론 대신들 전체가 보았네.

우리도 그 시체가 라키아라는 것에 아무런 의심을 하지 않았으니 실수한 건 마찬가지네."

"애초에 잘못 가져온 저에게 책임이 있습니다. 제가 좀 더 분명하게⋯⋯."

"입고 있던 옷하며 로드리게즈 백작가의 반지, 옆구리에 난 상처가 모두 일치했네. 아직도 모르겠나?"

"네에?"

"우린 놀아난 거네. 누군가 시체를 라키아로 오인하도록 일부러 그곳에 가져다 놓은 거란 말일세. 부패로 인해 알아보지 못할 것을 예상하고 말이야."

"감히 누가⋯⋯."

"시체가 발견된 지점이 어디인지 잊었나?"

당연히 아직 기억하고 있다. 얼마 전 황제를 모시고 재차 다녀오질 않았던가.

휘둥그레 떠진 눈으로 자신을 올려다보는 로스 백작에게 타운젠드 공작이 느릿한 어조로 말했다.

"오늘 라키아가 누구와 함께 왔는지도 보았겠지."

"아!"

칼리스타 백작. 로스 백작의 머릿속에 그의 얼굴이 급하게 떠올랐다.

라키아가 살아 돌아왔다는 것에 놀라 여태껏 생각을 못했다. 맞다. 칼리스타 백작의 영지는 아니지만 시체가 발견된 곳은 그의 영지에서 멀지 않은 곳이었다. 그리고 오늘 라키아와 함께 온 건 칼리스타 백작이었다.

"젊은 기사단장!"

"……?"

갑자기 로스 백작이 일어서며 소리를 지르자 타운젠드 공작이 인상을 쓰며 눈매를 모았다. 함께 있던 스웨르겐 백작과 글렌도 의아한 얼굴로 그를 바라봤다.

"폐하와 황후 마마를 모시고 칼리스타 백작의 영지에 다녀온 걸 아실 겁니다. 그때 그의 영지에서 기사단을 보았습니다."

"드래곤 기사단이라면 알고 있습니다."

리안에 대한 뒷조사는 과거에도 있었고, 현재도 진행 중이었다. 직접 보지는 못했어도 기사단을 결성했다는 것은 그들도 알고 있었다.

하지만 아직 초기 단계인 데다가 뚜렷한 공적이 없어 크게 관심을 두지 않았었다(거기엔 리안이 마법사라는 사실도 한몫 기여했다).

"그들의 실력에 대해서도 들으셨습니까?"

"실력이라니요?"

소드 마스터인 로스 백작이 하는 말인 만큼 갑작스레 분위기가 바뀌었다.

"영지를 방문하고 깜짝 놀랐습니다. 제가 성에 머물면서 살펴본 바에 의하면 절대로 그런 시골 영지에 있을 만한 실력이 아니었습니다. 죄송한 말씀이지만, 개개인의 능력이 피닉스 기사단에 버금갈 정도였습니다."

피닉스 기사단이라면 타운젠드 공작이 가장 공을 들여 키운 기사단으로, 그 실력이 제국에서 황궁 기사단 다음으로 평가받고 있었다.

기사단이 창설되고 웬만한 수준에 이르기까지 보통 3년에서 5년 정도가 걸린다. 그 말은 즉, 고작 3년밖에 되지 않은 기사단을 피닉스 기사단과 비교하는 것은 말이 안 된다는 소리였다.

하지만 로스 백작의 말에 아무도 반론하지 못했다. 아무리 그가 큰 잘못을 저질렀다지만, 그는 제국에 몇 안 되는 소드마스터 중 한 명이었다. 그가 그렇다면 그런 것이다.

"스승이 누구인지 궁금했습니다. 대체 어떤 자가 그런 기사단을 몰래 키운 것인지 알고 싶었습니다. 그런데 놀라지 마십시오. 스승이 없었습니다."

"그게 무슨 말도 안 되는 소리입니까? 스승이 없다니요?"

글렌이 말도 안 된다는 표정을 짓자, 로스 백작이 고개를 끄덕이며 말을 이었다.

"저도 그렇게 생각했습니다. 하지만 알아보니 사실이더군요. 오로지 단장이란 자와의 일대일 대련을 통해서만 가르침을 받고 있었습니다."

"설마……."

단장이라고 하니 감이 딱 왔다. 누명을 쓸 당시 라키아는 폐하의 검술 선생이기 이전에 황궁 제3기사단의 단장이었다. 드래곤 기사단의 단장이란 곧 그를 말하는 것이리라.

"단장의 나이가 고작 이십 대라고 하기에 믿을 수가 없어서 제 눈으로 직접 확인하려 했으나, 영주의 심부름으로 출타 중이라는 말에 포기를 했었습니다."

"거짓말이었군요."

"네, 제가 알아볼 것을 대비해 미리 몸을 피한 것입니다. 칼리스타 백작의 마법으로 아무리 변용을 했어도 특유의 분위기까지 감출 수 있는 건 아닙니다. 저라면 당연히 그를 알아보았을 겁니다."

라키아가 기억상실증에 걸렸다는 말을 믿지 않은 건 이쪽도 마찬가지였다.

기억을 찾은 지 한 달도 되지 않은 그가, 훨씬 전에 영지를 방문했던 로스 백작을 피했다는 것이 바로 그 사실을 반증하는 셈이었다.

이제껏 리안에게 감쪽같이 속았다고 생각하니 로스 백작은 이가 갈렸다.

"그곳에서 황제를 만났을까요?"

글렌이 진지한 말투로 스웨르겐 백작을 향해 돌아서며 물었다.

"글쎄요."

스웨르겐 백작은 손으로 턱을 만지며 고민스런 표정을 지었다. 생각해 볼 문제였기 때문이다. 그때 타운젠드 공작이 고개를 저었다.

"그건 아닐 게다."

"왜입니까?"

"그날 황제의 눈을 보지 못하였느냐?"

그날이란 황제가 늦은 시각에 대신들을 불러놓고 라키아의 누명을 벗겨낸 날을 말하는 것이었다. 글렌이 그때를 떠올리려 애써보았지만, 자신감에 차 있었다는 것 말고는 생각나는 것이 없었다.

타운젠드 공작은 눈을 가늘게 떴다.

"황제는 그날에도 라키아의 죽음을 슬퍼하고 있었다. 우리를 향한 증오의 시선에서 간간이 비통함이 느껴졌지. 라키아가 살아 있다는 걸 알았다면 그런 기색을 내비치지는 않았을 게다."

공작은 정확히 파악하고 있었다.

"게다가 라키아도 황제는 모른다고 했었다. 여기를 먼저 찾아왔다고 하더니 그 말이 사실인 모양이다."

라키아와 황제는 그 사이가 유난히 각별했다. 임금과 신하의 관계를 넘어서는 그 무엇이 둘에게는 있었다.

그런 황제를 제쳐 두고 이곳으로 온 라키아.

그 이유가 무엇일지 타운젠드 공작은 능히 짐작이 되었다.

'앞으로 상대하기가 더욱 껄끄러워지겠군.'

다가올 앞날을 생각하자 공작은 절로 눈살이 찌푸려졌다.

"맥카시 공작, 이번 일을 아주 엉망으로 처리했군요."

로드리게즈 백작가의 몰락은 모든 것이 맥카시 공작이 벌인 일이었다. 라키아에게 감정이 있는 것은 아니나, 황제에게 큰 힘이 될 그가 살아 돌아온 것은 글렌 역시 탐탁지 않았다.

의도한 것은 아니지만 그의 말은 로스 백작으로 하여금 자신의 실수를 떠올리게 했다.

"죄송합니다."

백작이 다시 고개를 축 떨어뜨리자 공작이 얼른 축객령을 내렸다.

"자네는 이만 나가보게."

"하오나 공작 전하……."

"누구보다도 충격이 클 것 아닌가. 손님들이 돌아가면 그때 얘기하도록 하세."

지금은 일 년 중 본성이 가장 많은 사람들로 붐빌 때였다. 중요한 사안인 만큼 나중을 기약하는 것이 옳았다.

"그럼 물러가 기다리고 있겠습니다."

공작의 뜻을 알아들은 듯 로스 백작이 정중히 예를 갖추고는 곧바로 방을 나섰다.

탁.

문이 닫히자마자 타운젠드 공작이 글렌과 스웨르겐 백작을 돌아보며 다시 입을 열었다.

"둘 다 그가 온 걸 보았겠지?"

"네."

"십 년 전 모습 그대로더군요."

공작이 말하는 '그'가 누구를 지칭하는 것인지 둘은 매우 잘 알았다. 칼리스타 백작의 호위기사로 위장하고 있지만 그는 분명 크라우저 후작이었다.

글렌은 십여 년 전 황도의 저택에서 후작을 처음 보았다. 그때도 그는 오늘처럼 온통 흑색으로 치장을 하고 자신을 응시하고 있었다.

칠흑보다 검다고 느꼈던 그의 눈동자를 생각하면 글렌은 지금도 오금이 저린다.

그날은 글렌이 그의 존재에 대해서 처음으로 안 날이기도 했다. 아버지께 이야기를 듣고 얼마나 놀랐던가.

대대로 공작가의 가주(家主)에게만 전해진다는 후작에 관한 얘기는 모든 것이 믿기가 어려울 정도였다.

"내가 그를 처음 본 것은 열일곱 살 때다. 그때도 그는 그 얼굴을 하고 있었다."

이미 아는 사실임에도 말로 옮기고 나니 공작은 입맛이 썼다.

올해로 그의 나이가 예순다섯이다. 48년이란 세월이 흐르는 동안에도 상대가 조금도 늙지 않았다는 것에 공작은 오늘도 섬뜩함을 느꼈다.

"장인어른?"

스웨르겐 백작이 놀란 얼굴로 공작을 향해 고개를 들었다. 그는 현재 자신이 숫자 계산을 잘못한 것인지 스스로를 의심하는 중이었다.

"많이 놀랐나?"

혼란스러워하는 스웨르겐 백작을 보며 공작은 씁쓸한 표정을 지었다.

"하긴, 나도 그랬으니까. 자네에게 일을 맡긴 지 올해로 5년째인가?"

"……네."

"그럼 이제 알 때도 되었군."

공작이 글렌을 돌아보았다. 눈을 지그시 감는 모양새가 대신 말하라는 것처럼 보였다.

스웨르겐 백작은 긴장된 얼굴로 글렌을 바라봤다. 어디서부터 얘기를 시작해야 할지 잠시 고민하는 듯하더니, 글렌이 곧 말문을 열었다.

"그는, 그러니까 크라우저 후작은 우리도 정확한 나이를 알수 없을 정도로 오래 살아온 자입니다."

"오래라면 어느 정도를 말씀하시는 겁니까?"

"글쎄요. 증조, 아니, 고조부님보다 훨씬 이전부터 살았다고 하면 상상이 되십니까?"

"……처남, 농담이 지나치십니다."

농으로 받아들이면서도 스웨르겐 백작의 얼굴은 딱딱하게 굳었다. 설명하는 글렌이나 잠자코 있는 공작이나 표정들이 너무 진지했기 때문이다.

글렌은 픽 웃으며 백작의 눈을 똑바로 쳐다봤다.

"믿어지지 않으시겠죠. 하지만 사실입니다."

"제가 아는 상식으로는 인간은 그렇게까지 오래 살지 못합니다. 후작이 인간이 아니라는 말씀입니까?"

"네."

"예?"

순순히 고개를 끄덕이는 글렌의 반응에 스웨르겐 백작은 눈을 부릅떴다.

"아직도 대륙에는 알려지지 않은 신비한 종족이 많다고 합니다. 아버지와 전 후작이 그런 종족이 아닐까 짐작하고 있습니다."

"설마 엘프나 묘인족 같은 자들 말입니까?"

"네, 그들은 인간보다 훨씬 오래 산다고 하지 않습니까. 매형의 말씀처럼 인간이라면 후작처럼 오래 살지 못하지요. 그들은 매우 늦게 노년기에 든다고 하더군요."

부러운 기색이 잠깐 글렌의 얼굴을 스치고 지나갔다. 스웨르겐 백작은 고개를 갸웃했다.

"처남의 말씀이 모두 사실이라고 해도 상당히 이상하군요. 어째서 그런 자가 인간으로 위장한 채 살아가고 있는 겁니까? 그들은 보통 무리를 지어 따로 살아가지 않던가요?"

백작이 예로 들은 엘프나 묘인족은 굉장히 폐쇄적인 종족이었다. 그들은 인간 세상과는 담을 쌓고 자신들만의 왕국에서 따로 살아가는 것이 특징이었다.

백작의 물음에 글렌은 머뭇거리다가 답했다.

"모릅니다."

"……?"

"저도 아버지도 그것이 궁금합니다. 다만, 넘겨짚기로 혼혈이라던가, 아니면 수가 작아 인간의 무리에 끼어 사는 것이 아닐까 생각하고 있습니다."

"혼혈이라면 '하프 블러드' 말입니까?"

하프 블러드란 인간끼리의 혼혈이 아닌, 인간과 이종족(異種族)의 피가 섞인 인간을 말하는 것이었다. 그들이 폐쇄적인 건 사실이지만, 간혹 인간과 짝을 이루는 경우도 없는 것은 아니었다.

"네, 어디까지나 추측이지 확실한 건 아무것도 없습니다. 그러니 꼭 그렇다고 단정을 짓지는 마십시오. 그리고 무엇보다 중요한 건, 절대 후작을 보고 티를 내서는 안 됩니다."

글렌의 우려 섞인 말에 스웨르겐 백작은 당연하다는 듯 머리를 끄덕였다.

"물론입니다. 번잡하고 시끄러운 것을 싫어하는 후작의 성격은 저도 잘 알고 있습니다. 그보다 그가 가진 특별함은 그게 전부인가요?"

글렌은 잠시 공작을 향해 시선을 돌렸다. 더 얘기해도 되냐는 무언의 물음에 공작이 다시금 눈을 한 번 감았다 뜨며 허락했다.

"인간보다 오래 산다는 건 그만큼 많은 것을 익히고 배울 수 있다는 장점이 있습니다. 백 년을 검술에만 매진했다고 생각해 보십시오. 둔재가 아니고서야 누구라도 소드 마스터가 될 수 있을 겁니다."

"설마 후작이 소드 마스터라는 겁니까?"

스웨르겐 백작의 눈빛이 흔들렸다.

난데없이 소드 마스터라니!

그것은 결코 그렇게 쉽게 될 수 있는 것이 아니었다.

백작의 놀라움을 이해한다는 듯 글렌이 묵묵히 고개를 주억이며 말을 이었다.

"네, 매형. 그 이상일 수도 있습니다."

"그 이상이라면……."

점점 경악스런 얼굴로 변해가는 백작에게 글렌은 쐐기를 박았다.

"게다가 마법사이기도 합니다."

"처, 처남……."

너무 많은 얘기를 한꺼번에 들은 탓일까?

몰아치는 정신적 충격으로 스웨르겐 백작은 거의 쓰러지기 직전이었다. 푹신한 의자에 앉아 있는 것이 천만다행이었다.

"몇 서클 마법사인지는 모릅니다만, 아버지와 전 최소 5서클로 추정하고 있습니다."

"마검사라고 할 수 있겠지."

타운젠드 공작이 한곳을 뚫어지게 바라보며 중얼거렸다.

"마검사……."

백작도 그 한 단어를 멍하니 입 밖으로 읊조렸다. 대부분의 사람들은 기억조차 못하겠지만, 마검사라는 건 아주 특별한 자들을 가리키는 말이었다.

마법과 무예.

반드시 이 두 가지를 상승의 경지까지 익혀야지만 비로소 사람들은 마검사란 호칭을 부여했다.

이제는 존재하지 않다고 여겼던 마검사가 실존하고 있다는 사실에 백작은 흠칫 몸을 떨었다.

'응?'

그때 문득 그의 머릿속으로 바다향기가 스쳤다.

"저기 그럼 바다향기의 숨겨진 마법사가 후작일지도 모르는 거 아닙니까?"

"매형, 이제껏 조용히 지내오던 그가 갑자기 바다향기를 차렸다는 건 말이 되지 않아요. 더욱이 아버지의 명으로 그동안 그를 감시해 온 건 매형이지 않습니까. 그에게 그럴 시간이 있었습니까?"

"아, 깜박했습니다. 잠시 사라질 때가 있긴 하지만 바다향기에 그가 개입했다는 건 어폐가 있겠네요."

그간 스웨르겐 백작이 봐온 차이의 모습은 종일 저택에 머물든가, 장시간 홀로 여행을 떠나는 것이었다. 바다향기의 숨겨진 마법사가 그였다면 백작이 모를 수가 없었다.

"가만, 그러고 보니 칼리스타 백작과 후작이 함께 오질 않았습니까!"

백작이 그제야 중요한 사실을 발견한 사람처럼 자리에서 튕기듯 일어섰다.

지금껏 비밀을 고수하며 은밀히 살아온 후작이다. 평소라면 가장 먼저 생각했어야 할 문제를 놀라운 얘기를 들은 탓인지 이제야 떠올렸다.

타운젠드 공작의 심각한 음성이 이어졌다.

"우리가 신경 써야 할 점이 바로 그것일세. 그가 어찌하여 칼리스타 백작과 손을 잡았는지 그것을 알아내야 하네. 서둘러서 말이야."

*　　　　*　　　　*

라키아의 등장은 파티장을 일순 혼란 속으로 빠뜨렸다. 죽은 줄로만 알았던 그가 멀쩡히 살아 돌아온 것에 충격을 받은 듯 다들 수군거리기만 할 뿐 쉽게 다가오지 못했다.

"라키, 생각보다 인기가 없었나 봐?"

와인을 한 모금 들이켜며 리안이 놀리듯 라키아에게 말을 걸었다.

"나?"

라키아의 미간이 좁아졌다. 그가 차가운 시선으로 홀을 빙 둘러보더니 순순히 인정했다.

"아마도. 파티에 참석한 적이 거의 없으니까."

"인기가 참석률에 비례한다는 얘기는 처음 듣는걸. 그 말대로라면 보웬 남작이 가장 인기가 있어야 하지 않겠어?"

"아, 그것도 그렇군."

리안의 비유가 너무 적절했던 것일까?

라키아가 조금의 반론도 없이 바로 고개를 끄덕이며 피식 웃었다.

"차이는 어때? 차이는 이런 파티에 거의 와본 적 없지?"

차이는 여전히 리안의 뒤를 지키듯 서 있었다. 리안이 돌아서자 아무런 감정도 느껴지지 않던 그의 눈빛에 한순간 따스함이 번졌다.

"처음은 아닙니다."

"그래?"

"네, 어릴 적 아버지를 따라 몇 번 참석한 적이 있습니다."

차이가 어릴 때라. 그게 과연 언제였을까?

리안은 왠지 상상이 안 갔다.

"그나저나 무슨 얘기들을 하고 있을지 궁금하네."

라키아가 따분하다는 듯 팔짱을 끼며 차가운 벽에 등을 기댔다. 그의 눈은 조금 전 두 공작이 지나갔던 홀의 입구를 향해 있었다.

리안도 와인 잔을 내려놓으며 벽에 기대섰다.

"다 알면서 뭐가 궁금해. 뻔하지."

"뻔하니까 더 궁금한 게 사람 마음이야."

"아까 공작들 얼굴 못 봤어? 하얗게 질린 게 오늘 밤 자기는 글렀을걸."

공작들이 파티장을 일찍 빠져나가는 바람에 오래 즐기지는 못했지만, 창백하게 질린 그들의 표정은 라키아에게 충분한 즐거움을 선사했다.

그때를 떠올리자 라키아의 입가에 흡족한 미소가 지어졌다.

"아무래도 며칠 발이 묶일 것 같아."

"갑자기 무슨 소리야?"

라키아의 얼굴에서 미소가 씻은 듯이 사라졌다. 그의 고개가 리안을 향해 팩 꺾였다.

"이곳에 좀 더 머물러야 할 것 같다고."

"미쳤냐? 내가 왜!"

라키아는 공작의 성에서 단 하루도 머물 수 없었다. 그가 여기에 온 건 놀라는 공작들의 모습을 직접 보기 위해서지 그들과 함께 있고 싶어서가 아니었다.

"난 절대 싫어!"

라키아가 사나운 음성으로 엄포를 놓았다.

"나도 마찬가지야. 하지만 우린 그럴 수밖에 없어."

"누가 감히 나를 붙잡아! 내가 그러도록 가만히 놔둘 줄 알아?"

"라키, 생각을 해 봐."

으르렁거리는 라키아를 향해 리안은 한숨을 푹 내쉬며 설명했다.

"5년 전에 죽은 줄 알았던 너와, 5서클 마법사로 판명이 난 나, 그리고 여태껏 조용히 지내왔던 차이. 이렇게 우리 셋이 따로따로가 아닌 함께 이곳을 찾아왔어."

"……!"

"과연 그들이 우리를 놔줄까?"

리안은 잘 들으라는 듯 라키아를 향해 몸을 기울이며 작은 목소리로 말했다.

"공작들은 어떡해서든 우리를 붙잡고 늘어질 거야. 지금도 철저히 감시를 하고 있는 거 보면 몰라?"

라키아의 남청색 눈동자가 좌우로 움직였다. 모두가 완벽히 위장을 하고 있지만 그의 날카로운 눈까지 속일 수는 없었다.

"근데 아마 남은 방이 하나도 없을걸. 우리 때문에 곧 누군가 쫓겨날 테니 기다려 보라고."

"여기서 진짜 묵겠다는 거냐?"

"응, 궁금했거든. 공작의 성을 구경할 좋은 기회야. 안 그래, 차이?"

"저는 리안 님의 뜻에 따르겠습니다."

라키아가 불만스런 표정으로 자신을 쳐다보고 있다는 걸 아는지 모르는지 차이가 희미한 웃음을 머금으며 리안을 향해 대답했다.

"그래, 맘대로 해라."

결국 라키아가 양 볼을 실룩거리며 홀 쪽으로 시선을 돌렸다. 뜻 없는 그 행동에 누군가 움찔거린 것은 그때였다.

"너……!"

라키아가 벽에서 등을 떼고 똑바로 섰다. 그런 그가 이제껏 보지 못한 무서운 눈으로 어딘가를 노려보고 있었다.

"라키?"

리안이 급히 시선을 따라가 보니 멀지 않은 곳에서 한 사내가 부들부들 떨고 있는 것이 보였다.

이십 대 중반쯤 되었을까?

인상 좋게 생긴 사내가 잔뜩 겁에 질린 얼굴로 안절부절못하고 있었다.

"라키아 군을 발고한 자입니다."

차이가 리안의 귀에 대고 나직이 속삭였다.

"아."

리안은 그제야 기억이 났다. 이름이 피타였던가. 황군에 쫓기던 라키아가 도움을 얻고자 그를 찾았을 때, 그는 기꺼이 몸을 숨겨주는 척하고는 몰래 황궁 기사단에 연락하여 라키아를 위험에 빠뜨렸다. 라키아의 옆구리에 난 상처는 그때 생긴 것이었다.

"후훗."

라키아의 입에는 어느덧 잔인한 미소가 피어 있었다. 무시무시한 살기가 피타를 향해 쏘아졌다.

제2화

차이의 분노

리안의 예상대로 일행은 돌아가지 못했다. 성의 주인인 타운젠드 공작이 몸소 나서 머물 것을 강요했기 때문이다. 라키아가 황제를 거론하며 두 번이나 거절을 했지만, 공작의 청을 뿌리치기란 매우 어려웠다.

재밌는 사실은 맥카시 공작도 함께 남았다는 것이다. 매년 참석을 하긴 해도 하루 이틀 정도만 머물던 것과 달리, 그는 벌써 닷새째 타운젠드 공작의 성에서 보내고 있었다.

사람들은 그것이 라키아 때문이라고 숙덕거렸지만 리안은 아님을 알고 있었다.

라키아가 살아 돌아온 것이 놀라운 사실이긴 하나, 공작을 붙잡은 건 라키아가 아닌 차이의 존재였다.

리안이 성에서 지낸 지 오늘로써 나흘이 되었다. 그동안 공작들은 따로 자리를 마련한다던가 하는 행동은 취하지 않았지만, 한시도 눈을 떼지 않고 일행을 관찰하고 감시했다.

그것을 잘 알기에 리안과 라키아는 되도록이면 개인적인 얘기를 삼가고 파티를 즐기려고 애썼다. 차이 또한 리안의 호위 기사로 철저히 분한 탓에 아무도 그의 신분을 알아채지 못했다.

파티에 참석한 첫날에는 피타와 마주친 라키아가 흥분을 하는 바람에 난데없는 대피 소동까지 벌어졌었다.

날카로운 검 대신에 주먹과 발이 사용되었음에도 불구하고 소동이 끝난 후 피타의 상태는 차마 눈 뜨고 볼 수 없을 정도로 처참했다.

리안의 치료 마법이 아니었다면 평생 불구로 지내야 했을 만큼 피타의 상태는 좋지 않았다.

라키아가 막판에 이성을 차렸기에 망정이지 하마터면 피타의 인생은 그날로 끝이 날 뻔했다(피타를 치료해줬다고 리안은 한동안 라키아의 원성을 들어야 했다).

리안의 치료 덕분에 살아난 피타는 그날로 바로 도망치듯 성을 떠났다. 장담하건대 아마도 그의 모습을 다시 보기란 어려울 것이다.

피투성이가 된 채 바닥에 쓰러져 있는 피타에게 라키아는 이런 경고를 날렸다.

"옛정을 생각해서 오늘은 참는다. 앞으로 내 눈 앞에 다
시는 나타나지 마라. 그땐 주먹이 아닌 검을 뽑을 테니
까."

손에 묻은 피타의 피를 옷깃에 닦던 라키아의 모습은 섬뜩
하면서도 매우 공포스러운 분위기를 자아냈다. 안 그래도 일
행을 멀리하던 귀족들이 그런 라키아의 난폭함을 보고 더욱
거리를 벌렸다.

하지만 리안이 치료 마법으로 피타를 살린 순간 분위기는
반전되었다.

리안의 몸에서 뿜어져 나오는 황금빛 광채에 귀족들이 몰려
들었다. 그들은 순식간에 리안에게 매료되었다.

치료 마법이 펼쳐지는 경이로운 장면을 직접 눈으로 볼 수
있다는 사실에 모두가 열광했다.

새로운 대마법사가 나타났다는 것을 그제야 실감했다고 해
야 할까?

어느새 타운젠드 공작은 뒷전이었다. 공작의 눈에 들기 위
해 값비싼 선물을 상납하고 아첨을 떨기 바쁘던 귀족들이 리
안에게 달라붙기 시작했다.

파티의 주인공은 리안이나 다름없었다. 대부분의 귀족들이
타운젠드 공작 측 사람이었지만, 그들은 전혀 거리낌 없이 리

안에게 다가왔다.

하나같이 모두가 굉장히 호의적이었다. 칼리스타 뱅크와 상단에 대해 질문을 해 오는 자들도 많았고, 자신들의 영지를 방문해 달라며 초대를 하는 이들도 줄을 이었다.

혼기가 찬 딸을 가진 부모들의 초대가 특히나 많았는데, 리안은 이런저런 핑계를 대며 간신히 그들의 초청을 물리쳤다.

리안이 가장 곤란할 때는 아픈 가족의 치료를 부탁하는 귀족들의 요청이었다.

황당한 점은 리안이 자세히 물어본 결과 컬린 정도의 심각한 병자는 단 한 명도 없다는 것이었다.

그들은 대개가 간단한 상처나 질병에 걸린 자들로 충분히 치료사를 통해 완치가 가능한 환자들이었다.

간혹 늙어서 몸이 쇠하거나 마음의 병을 앓고 있는 환자들도 있었지만, 리안이 그런 부분까지 치료할 수 있는 것은 아니었다.

하지만 리안이 아무리 차분히 설명을 해도 대부분의 귀족들은 알아듣지 못하고 계속해서 리안에게 방문을 요청했다.

다른 사람들과 실컷 웃고 떠들다가도 리안을 보면 언제 그랬냐는 듯 죽을병에 걸린 게 분명하다며 제발 살려달라고 닦달하기가 일쑤였다.

무슨 말을 해도 상대가 듣지 않는다면 방법은 하나뿐이다.

그들과 마주치지 않는 것.

결국 리안은 그날로 파티장을 멀리하고 얌전히 지내는 쪽을 택했다. 라키아가 틈만 나면 돌아가자고 떼를 썼지만 공작의 체면을 위해서라도 아직은 그럴 수 없었다.

늦은 오전.

오늘도 리안은 싫다는 라키아를 억지로 대동하고 티파티에 참석했다.

간단한 과자와 차를 마시며 대화를 나누는 티파티는 보통 아침 식사가 끝난 이후에 시작이 되곤 했다.

새벽까지 먹고 마시느라 기운을 소진한 귀족들에게는 한밤 중일 테지만, 떠들썩한 것을 싫어하는 귀족들에게는 지금이야 말로 귀중한 소통의 시간이었다.

넓은 홀에서 개최되는 무도회와 달리 티파티는 어느 한곳에 국한되지 않고 성의 곳곳에서 열렸다. 티파티를 즐기는 연령 대는 주로 중년층이 많았지만 꼭 그런 것도 아니었다.

리안이 초대받은 오늘 티파티의 주최자는 레베카였다. 어젯 밤 그녀가 직접 작성한 초대장이 리안에게로 전달되었다.

모임 장소는 레베카를 아는 남성이라면 모두가 한번쯤 꿈꿔 보았을 그녀의 처소였다(물론 리안은 아니다).

타운젠드 공작이 아끼는 외손녀인 만큼 공작의 본성에는 레 베카가 머무는 공간이 따로 있었다.

"어서 오세요."

리안과 라키아를 맞은 것은 웬 여인이었다. 아니, 소녀라고 해야 할까?

레베카처럼 눈에 확 띄는 미인은 아니지만 귀여운 외모가 돋보이는 소녀였다. 그녀가 밝게 웃으며 반갑게 인사했다.

"기다리고 있었답니다. 레베카 언니는 안에서 손님들을 맡고 계세요."

"저희가 늦은 겁니까?"

"아니요, 안에 계신 분들이 좀 일찍 오셨어요."

"아, 그렇군요. 제가 혹시 시간을 잘못 알았나 싶었습니다."

리안이 미소를 짓자 소녀의 얼굴에 작은 홍조가 피었다. 그 것을 들키기 싫었는지 그녀가 재빨리 몸을 돌리며 둘을 안내했다.

"이쪽으로 오세요."

티파티가 열리는 곳까지는 꽤 많은 걸음이 필요했다. 하지만 가는 길목마다 훌륭한 그림과 조각품들이 있어 지루하게 느껴지지는 않았다.

그렇게 얼마쯤 걸었을까. 어디선가 커다란 웃음소리가 들려왔다.

"많이도 모였군."

소리로 보아 한두 명이 아니었다. 라키아가 그럴 줄 알았다는 듯 인상을 쓰며 투덜거렸다.

맨 뒤에서 따라가고 있었기 때문에 리안만이 들을 수 있다는 것이 다행이었다.

"여기에요."

일행이 도착한 곳에는 건장한 사내 넷이 보초를 서듯 문 앞을 지키고 있었다. 그들이 공손히 허리를 숙이며 문을 열어주었다.

밝은 햇살이 제일 먼저 일행을 반겼다.

두 개의 벽면이 모조리 창문으로 채워진 독특한 구조의 방이었다. 그래선지 마치 야외에 있는 것처럼 쨍쨍한 햇볕이 방 안 구석까지 내리꽂혔다.

고풍스러운 가구들과 강렬한 색감의 패브릭이 햇빛과 만나자 화려하면서도 우아한 분위기가 흘렀다.

"언니, 저희 왔어요!"

거짓말처럼 웃음소리가 잦아들었다. 방 중앙에 모여 있던 시선들이 일제히 일행을 향해 쏘아졌다.

"칼리스타 백작님!"

레베카가 벌떡 일어나 반가운 기색으로 리안에게 달려왔다. 예의 바른 그녀답게 라키아에게도 미소를 건넸지만, 그녀의 눈길은 줄곧 리안에게 고정되어 있었다.

"이쪽으로 앉으세요."

레베카가 자신의 옆자리를 리안에게 내줬다. 살짝 고개를 숙이며 리안이 라키아와 함께 자리에 앉았다.

"어?"

그리고 그때서야 리안은 익숙한 얼굴을 발견했다.

남자지만 여인보다도 현란한 옷차림을 한 사내. 그는 보웬 남작이었다.

"헤헤. 칼리스타 백작님, 오랜만입니다!"

그가 특유의 웃음소리를 내며 리안에게 손을 내밀었다. 파티라면 사족을 못 쓰는 남작이지만, 리안이 알기로 그는 바쁜 사업 일정 때문에 공작의 이번 생일에는 참석하지 못한다고 들었다.

"이곳에서 보웬 남작님을 뵐 줄은 몰랐습니다. 언제 오신 겁니까?"

리안이 악수를 나누며 묻자 남작이 하얀 치아를 드러내며 크게 웃었다.

"오늘 새벽에 도착했습니다. 제가 이런 곳에 빠질 수는 없지요. 하하하."

"새벽에 오셨다니 피곤하시겠습니다."

"조금 그렇긴 합니다만 괜찮습니다. 레베카 양이 친히 초대를 해주셨는데 당연히 와야지요. 안 그렇습니까?"

보웬 남작이 레베카를 향해 한쪽 눈을 찡긋했다. 그것에 답이라도 하듯 레베카가 미소 띤 얼굴로 모두에게 말했다.

"오늘 제가 여러분들을 초대한 건 할아버지를 대신해서 감사의 인사도 전하고, 젊은 세대들끼리 친하게 지내자는 말씀을 드리기 위해섭니다. 이렇게 모인 적이 한 번도 없는 것 같아 제가 나섰는데, 다들 괜찮은가요?"

"저는 좋아요!"

리안을 마중 나왔던 소녀가 쾌활한 음성으로 가장 먼저 찬성을 외쳤다. 얼굴 가득 웃음기를 머금고 있는 모습이 그녀의 성격을 짐작하게 했다.

"아, 칼리스타 백작님과 라키아 경께선 모르시겠군요. 이쪽은 아르메리아라고, 맥브라이드 남작님의 딸이자 제게는 동생과도 같은 아이랍니다."

"두 분 모두 뵙게 되어 영광입니다. 아르라고 불러주세요."

맥브라이드 남작이라면 이번에 아들이 세이프리드 아카데미의 마법학부에 지원한 것으로 알고 있다.

이름이 아마 커쉬너였을 것이다. 정확한 생김새는 기억나지 않지만 눈앞의 아르라는 소녀와 비슷했던 것 같기도 하다.

"저도 뵙게 되어 반갑습니다."

리안도 웃으며 그녀에게 인사했다. 실내에는 리안과 라키아를 포함해서 총 일곱 명의 사람이 있었다. 리안의 시선이 아직 소개받지 못한 둘에게로 옮겨갔다.

일행과 조금 거리를 벌린 채 자리하고 있는 이들은 두 명의 사내였다. 나이는 둘 다 이십 대 초반쯤으로 보였고 외모들이 무척 준수했다.

다만 리안을 향한 눈빛들이 상당히 적대적인 것이 왠지 듣지 않아도 누군지 알 것 같았다.

"저기 두 분은 모레츠 폰 맥카시, 앵거스 폰 콘로이 경이세요. 여긴 칼리스타 백작님과 라키아 경이십니다."

역시나 예감이 맞았다. 고개만 살짝 까딱이는 그들을 보며 리안은 속으로 낮은 웃음을 터뜨렸다.

"처음 뵙겠습니다. 말씀은 많이 들었습니다. 모레츠라고 합니다."

적대감에 찬 눈과는 달리 모레츠의 음성에는 빈틈이 없었다.

'과연 맥카시 공작의 아들이라는 건가.'

올해 스물한 살이 된 그는 맥카시 공작의 장남으로 무예에 대한 재능이 뛰어나며 똑똑하기로 알려진 수재였다.

훌륭한 가문에 잘나기까지 했으니 남들에게는 부러움의 대상일지 모르지만 리안은 상대를 한눈에 파악했다.

리안을 향한 그의 눈빛에는 우월감이 깔려 있었다.

남들보다 자신이 낫다는 지나친 자신감.

그것은 사람으로 하여금 자만심을 일으켜 종종 좋지 않은 결과를 부르기도 한다.

"앵거스라고 합니다. 뵙게 되어 영광입니다."

'앵거스.'

맥카시 공작에게 콘로이 자작이 있다면, 모레츠에게는 앵거스가 있었다. 그를 보는 리안의 눈이 가늘어졌다.

아닌 게 아니라 그는 엘의 정보 길드를 망하게 한 장본인이었다. 그의 비밀을 캐냈다는 이유로 가문의 권력을 이용하여 엘을 밑바닥으로 추락시켰다.

그랬던 길드가 자신으로 인해 다시 살아난 것을 아마도 알고 있을 것이다.

모레츠나 앵거스나 기분 나쁜 기색을 억지로 숨기고 있지만 리안의 눈을 속일 수는 없었다.

"죄송합니다. 좀 늦었습니다."

그때 문이 열리며 누군가 안으로 들어왔다. 낯설지 않은 음성의 주인공은 듀란 폰 체노위스였다.

"듀란, 어서 와."

"미안. 내가 좀 늦었지? 갑자기 어른들이 들이닥치시는 바람에…… 어휴, 겨우 빠져나왔네."

사람들에게 양해를 구하며 듀란이 알아서 빈자리를 찾아 앉았다. 그가 앉은 자리는 라키아의 옆이었다.

"돌아오신 것을 환영합니다."

리안에게 먼저 눈인사를 건넨 뒤, 듀란이 작은 목소리로 라키아에게 말을 붙였다.

끄덕.

고맙다는 말 한마디 정도는 할 수 있을 텐데 라키아는 말없이 고개만으로 대답을 대신했다.

괜히 리안이 미안해져서 듀란을 바라보자 괜찮다는 듯 그가 코를 찡긋거리며 고개를 저었다. 라키아의 무뚝뚝함은 이미 정평이 나 있기에 사실 새삼스러울 것도 없었다.

"이로써 오늘 초대한 분들이 다 도착했네요. 통성명을 다시 할 필요는 없겠지요?"

"응, 언니."

아르의 명랑한 음성이 끝나기가 무섭게 탁자 위로 다과가 차려졌다. 차는 종류가 하나였지만 과자는 색깔과 모양, 크기 등 다양한 것들이 차례대로 탁자 위에 올랐다.

"맛이 어떨지 모르겠어요."

찻잔을 드는 리안을 레베카가 기대에 찬 눈빛으로 응시했다. 티파티를 같이 준비했던 아르도 커다란 눈망울을 말똥거리며 숨을 죽였다.

리안은 그런 시선들이 불편했지만 내색하지 않고 맛을 음미하는 척 잠시 눈을 감았다. 그러다 관심을 돌리기 위해 일부러 보웬 남작에게 말을 걸었다. 이목을 끄는 데에는 남작만한 사람이 없었다.

"저는 괜찮은데, 보웬 남작님은 어떠십니까?"

"흐음, 저도 좋은 것 같습니다. 끝 맛이 텁텁하지도 않고 아주 개운하군요. 제 마음에 쏙 듭니다. 한 가지만 뺀다면 말이죠."

보웬 남작의 칭찬에 당연하다는 듯 미소를 짓던 레베카가 의아해하며 마시던 차를 내려놓았다. 그때 남작의 입에서 비통한 목소리가 흘러나왔다.

"남녀 비율의 차가 너무 크지 않습니까? 남자 다섯에 여자가 둘이라니, 이게 무슨 경우란 말입니까? 저는 이곳에 오면 아리따운 숙녀 분이 한 열 명쯤은 있을 줄 알았습니다."

보웬 남작이 정말로 낙심한 표정을 짓는 바람에 사람들은 순간 말을 잇지 못했다.

"이럴 줄 알았으면 잠이나 잘 것을. 흑흑, 한숨도 못 잤더니 여기 눈 밑에 다크서클 생긴 것 좀 보십시오. 피부도 거칠거칠한 게 오늘 당장 마사지라도 받아야겠습니다."

"보웬 남작님, 아까 새벽에 도착하셨다고 하시지 않았습니까?"

"네, 그랬죠."

"그런데 어째서 한숨도 못 주무신 겁니까? 잠자리가 바뀌어도 원래 잘 주무시는 편이라고 하시지 않았던가요?"

노는 것을 좋아하다 보니 집보다 밖에서 밤을 지새우는 경우가 훨씬 더 많은 남작이었다. 예민한 피부와 달리(보웬 남작의 표현을 빌리자면) 어디서든 숙면을 취한다는 남작의 말을 리안은 기억하고 있었다.

"물론 저야 어디서든 잘 잡니다. 하지만 어제는 파티에 참석하느라 날을 꼴딱 새웠지요. 오랜만에 춤을 원 없이 춘 것 같습니다."

"……새벽에 도착하자마자 파티장부터 가신 겁니까?"

흡족한 미소를 입에 무는 보웬 남작을 보며 리안은 속으로 혀를 찼다.

어떤 의미로는 참 대단했다. 이 얼마나 한결같은 자세인가.

사람들이 자신을 어떤 눈으로 보는지도 모른 채 남작이 자랑인지 핑계인지 모를 말을 늘어놓았다.

"저를 기다리는 많은 레이디 분들을 두고 제가 어찌 잠이 들 수 있겠습니까? 한분 한분과 춤을 추다 보니 어느새 아침이더군요. 게다가 아빌 양이 도통 놔주어야지 말입니다."

가슴 앞으로 흘러내린 머리칼을 버릇처럼 뒤로 넘기며 보웬 남작이 고뇌하는 표정을 지었다.

"……."

다들 할 말을 잃었다. 무슨 대답을 해야 할지 모두가 망설이고 있을 때, 다행히 듀란이 나섰다.

"보웬 남작님, 피곤하시더라도 잘 한번 살펴보십시오. 여기 레베카와 아르 양이 여인 열 명을 합친 것보다 훨씬 더 아름답지 않습니까?"

"흐음, 글쎄요. 어디 한번 볼까요?"

웃자고 한 소리에 장단을 맞추려는 것일까. 보웬 남작이 턱을 들어 올리며 자못 진지한 눈빛으로 레베카와 아르를 뜯어보았다.

"푸홋."

그것이 재밌었는지 아르가 키득거리며 차를 들이켰고, 남작의 평을 겸허히 받아들이겠다는 듯 레베카가 꼿꼿이 몸을 세우며 빙그레 웃었다.

라키아의 한심한 시선이 보웬 남작을 향해 쏘아졌지만 다행히 남작은 눈치 채지 못하는 듯했다.

이윽고 감상이 끝난 듯 남작이 말했다.

"듀란 경의 말씀이 틀리지 않은 것 같습니다. 여인들이 우르르 몰려와도 레베카 양과 아르 양보다도 못할 듯싶군요."

"저까지 끼워주시니 감사합니다."

아르의 장난 섞인 말에 보웬 남작이 강하게 고개를 저었다.

"끼워주는 게 아닙니다. 아직 아르 양이 나이가 어려서 그렇지, 몇 년만 지나면 지금보다 훨씬 아름다워지실 겁니다. 두고 보세요."

"정말 그럴까요?"

"그럼요. 장담합니다."

말과 행동이 좀(이 아니고 많이) 가벼워서 그렇지 여자를 보는 남작의 안목만큼은 정확한 편이었다. 리안의 생각에도 아르의 외모는 세월이 흐르면 빛을 볼 상이었다.

"빈말이라도 감사합니다."

샐쭉 웃으며 대답하는 모습이 무척 귀여웠다. 보웬 남작이 그런 아르에게서 눈을 떼지 못하자 듀란이 탁자 위로 손을 휘휘 저으며 주의를 주었다.

"보웬 남작님, 이쪽은 이제 겨우 열여섯입니다. 체통을 지키십시오."

"이보게, 듀란 경. 내 나이도 고작 서른하나네. 벌써 늙은이 취급하는 겐가?"

"그게 아니라 남작님의 나이에 맞는 여인을 찾으시라는 겁니다. 아직 피지도 못한 꽃입니다."

여자를 꾀이는 보웬 남작의 능력은 이미 귀족들 사이에서 명성이 자자했다. 듀란은 농담처럼 한 말이지만 반쯤은 진심이기도 했다.

"허허, 레베카 양. 제가 이런 취급을 받는데도 그러고 가만히 계실 겁니까?"

보웬 남작을 초대한 건 레베카였다. 남작이 그녀를 향해 불만을 토로하자 레베카가 어깨를 으쓱이더니 듀란의 손을 들어 주었다.

"죄송하지만 저도 듀란의 말이 맞는 것 같은데요?"

"컥, 레베카 양도 저를 노땅 취급하시는 겁니까? 아니, 그럴 거면 저는 오늘 왜 초대한 겁니까? 젊은 사람들끼리 놀지 않고. 이렇게 나오시면 저 너무 서운합니다. 삐친다고요. 크흑."

"쿡쿡."

남작이 눈물을 닦는 시늉을 하자 아르가 다시 웃음을 터뜨렸다. 리안이 살짝 곁눈질을 해 보니 라키아는 아예 딴 곳을 바라보고 있었고, 모레츠와 앵거스는 경멸에 찬 눈빛을 짓고 있었다.

그러고 보면 보웬 남작 또한 그들에게는 아예 고개조차 돌

리지 않고 있었다. 사교성이 좋은 남작에게도 피하고 싶은 상
대는 있는 모양이었다.

레베카가 웃음을 참으며 남작에게 말했다.

"제 말씀을 오해하신 것 같아요. 저는 남작님이 늙었다는
게 아니라 아르가 어리다고 말씀드린 겁니다."

"그게 그 말 아닙니까?"

"아니죠. 어떻게 그게 같아요. 안 그런가요, 칼리스타 백작
님?"

동의를 구하는 레베카의 물음에 리안은 기꺼이 고개를 끄덕
였다.

"저도 그렇게 생각합니다. 그러니 너무 상처 받지 마십시
오."

"헤헤, 칼리스타 백작님까지 그렇게 말씀하신다면야 그리
알아야지요."

기분 전환이 이렇게 빠른 사람이 또 있을까?

배시시 웃는 보웰 남작을 보며 다들 기가 막혀 할 때, 남작
이 별안간 탁자로 몸을 기울이며 리안에게 물었다.

"그나저나 칼리스타 백작님께서 정말 바다향기의 주인이 맞
습니까?"

"네?"

갑작스런 남작의 물음에 리안은 바로 대답하지 못하고 되물
었다.

자연스레 모든 이목이 쏠렸다. 지금껏 소문만 무성하지 확실하게 밝혀진 사실이 아닌 만큼 다들 궁금했다. 특히나 모레츠와 앵거스의 눈빛이 날카롭게 빛났다.

"바다향기의 주인이 아직도 오리무중인 까닭은 3서클의 마법사가 필요하기 때문입니다. 칼리스타 백작님께서는 5서클 마법사시니 충분히 가능한 일 아닙니까?"

"그거야 그렇습니다만……."

"제게만 살짝 말씀해 주십시오. 비밀은 꼭 지키겠습니다."

보웬 남작이 리안에게로 한쪽 귀를 바싹 가져다 댔다. 리안은 어색하게 웃으며 주위를 둘러보았다.

"비밀을 말해야 하는 자리치고는 사람이 너무 많은 것 같은데요."

"걱정하지 마십시오. 제가 단단히 입단속 시키겠습니다."

"농담을 너무 진심처럼 말하십니다."

입단속은 아랫사람에게나 하는 말이었다. 리안과 라키아를 빼고는 남작의 신분이 가장 높은 것은 사실이나, 모레츠와 앵거스는 차기 공작이자 자작이었다. 남작의 말은 그들의 심기를 건드리기에 충분했다.

아니나 다를까. 둘의 안색이 대번에 달라졌다.

보웬 남작을 위해서라도 리안은 서둘러 고백할 수밖에 없었다.

"네, 제가 맞습니다. 바다향기는 제가 기획하여 만든 음식

점입니다.”

“거봐, 거봐! 내가 이럴 줄 알았어!”

리안이 인정하자 남작이 다리를 방방 구르며 호들갑을 떨었다.

“이제껏 속이시다니 정말 너무합니다!”

“우와, 소문이 사실이었군요!”

아르가 두 손으로 입을 가리며 놀란 표정을 지었다.

“예전부터 저는 왠지 칼리스타 백작님이 아닐까 생각하고 있었습니다. 그래선지 별로 놀랍지가 않군요.”

“하하, 그러셨습니까?”

“네, 매번 남들이 생각하지 못하는 걸 하시지 않습니까. 칼리스타 백작님 덕분에 요즘 저와 영지민들의 입이 호강하고 있습니다.”

듀란의 영지에는 바다향기가 무려 세 곳이나 있었다. 바다향기가 아무 데나 세워지지 않는다는 건 모두가 아는 사실이다. 그런 것이 세 개나 들어섰다는 건 듀란으로서도 매우 기분 좋은 일이었다.

“역시 칼리스타 백작님이 맞았군요.”

“설마 레베카 양도 짐작하고 계셨던 겁니까?”

“평민을 위해 좋은 일을 하시는 분이니까요.”

“네?”

리안이 고개를 갸웃하자 레베카가 설명했다.

"보통 사람이었다면 아마 귀족들만을 위한 음식점을 차렸을 겁니다. 가격도 지금보다는 훨씬 비쌌겠죠."

"맞아, 바로 그거야. 그 점이 내가 칼리스타 백작님을 존경하는 이유지."

제국에 흉년이 닥쳤을 때 리안이 취한 행동은 아무나 할 수 있는 것이 아니었다. 그때를 떠올리며 듀란은 새삼 존경스러운 눈빛으로 리안을 바라봤다. 그러자 보웰 남작은 물론, 레베카와 아르까지 리안을 추켜세우며 칭찬했다.

"……."

내색하지 않으려고 애썼지만 모레츠의 안면은 점점 굳어갔다. 그의 싸늘한 시선이 리안의 얼굴에 닿았다.

'칼리스타 백작.'

자신보다 나이도 어린 주제에 백작이라는 작위를 가진 것 자체가 마음에 들지 않았다.

사사건건 아버지의 사업에 훼방을 놓는 놈.

리안으로서는 자신의 할 일을 한 것뿐이지만, 모레츠의 눈에는 그렇게 보이지 않았다.

리안은 그의 아버지인 맥카시 공작에게 악을 품고 겁도 없이 덤벼드는 불나방 같은 존재였다.

사람들이 좀 띄워주니 좋다고 실실거리는 모습도 꼴 같지 않았다. 5서클 대마법사의 탄생이라고 다들 찬탄을 하지만 모레츠에게는 우스웠다.

'난 곧 소드 마스터가 될 몸이다.'

올해 스물하나밖에 되지 않은 모레츠가 소드 익스퍼트 상급자가 된 소식은 이미 귀족들 세계에서 파다하게 번졌다.

타운젠드 공작의 아들인 글렌은 삼십 대에 소드 익스퍼트 상급에 올랐고, 사십 대인 지금은 최상급자로 불리고 있었다.

소드 마스터인 로스 백작도 이십 대 중반쯤에서야 상급자가 되었다고 하니, 모레츠의 재능이 어느 정도인지 알 수 있을 것이다.

사람들이 모레츠를 더욱 높이 평가하는 이유는 그가 자신의 재능만 믿지 않고 노력을 하기 때문이었다. 하루에 열 시간 이상을 수련에만 몰두한다고 하니 그 나이에 보기 드문 성실파이기도 했다.

"이곳에서 칼리스타 백작님을 뵙고 깜짝 놀랐어요. 미리 말씀을 해주셨더라면 함께 올 수 있었을 텐데 아쉬워요. 저 혼자 꽤 심심했거든요."

"아, 그땐 제가 미처 거기까지는 생각하지 못했습니다. 황도에서 주로 시간을 보내다 보니 성에 가면 할 일이 워낙 많아서요."

"너무 아름다운 곳이었습니다. 언제 꼭 다시 초대해 주세요."

모레츠의 차가운 눈길이 리안을 향해 눈웃음치는 레베카에게 머물렀다.

'이러려고 나를 불렀단 말인가?'

꿔다 놓은 보릿자루란 말은 딱 그를 두고 하는 말인 듯했다. 자기들끼리만 희희낙락하며 대화를 나누는 모습이 참으로 기가 찼다.

모든 화제의 중심이 칼리스타 백작이었다. 운동신경이라고는 눈곱만큼도 없을 것 같은 비리비리한 몸에 계집애처럼 생긴 리안의 용모가 모레츠는 싫었다.

어려서부터 어디를 가든 중심은 언제나 그였다.

가문, 재력, 외모, 능력 등. 모든 걸 갖춘 그이기에 누구도 적수가 되질 못했다.

그렇기에 오로지 그의 짝은 레베카뿐이라고 생각했었다. 경쟁 가문의 여식이지만 그녀 또한 그처럼 모든 것을 갖춘 여인이었기 때문이다.

좋아한다는 소리가 아니었다.

사랑? 애정?

인간의 감정 따위는 그에게 중요하지 않았다. 공작가의 후계자로 태어나 처음으로 배운 것이 사사로운 감정을 버리라는 것이었다.

모레츠에게 레베카는 그저 가장 잘 어울리는 상대. 그 이상 그 이하도 아니었다. 그럼에도 그녀가 칼리스타 백작을 보며 웃자 모레츠는 화가 치솟았다.

언젠가 레베카를 아내로 맞아 두 공작가를 하나로 통일하는 것이 그의 원대한 꿈이자 목표였다. 칼리스타 백작은 모레츠의 그 꿈에 방해를 놓는 자였다.

"혹시 마법 중에 이성을 한 방에 넘어오게 하는 마법 같은 건 없습니까?"

"보웬 남작님, 세상에 그런 마법이 있다면 미인은 전부 마법사들의 차지일 겁니다."

"아하, 그게 또 그렇군요."

"남작님도 참. 이제 여자 말고 사업에도 좀 신경을 쓰십시오. 다시 망할까 봐 제가 다 걱정스럽습니다."

"저도요."

"하하, 위험하다 싶으면 칼리스타 백작님께서 도와주실 테니 다들 염려할 것 없습니다."

모레츠와 앵거스의 굳은 얼굴에도 불구하고 여전히 그들은 즐겁게 떠들었다. 창가로 가 홀로 멍하니 밖을 바라보던 라키아의 고개가 돌아간 것은 그때였다.

쾅!

갑자기 문이 벌컥 열리며 누군가 뛰어 들어왔다. 그 시끄러운 등장에 모든 대화가 멈췄다.

"더그?"

거구의 사내였다. 그를 본 모레츠가 인상을 쓰며 자리에서 일어났다.

"공자님, 큰일 났습니다!"

무슨 일인지는 몰라도 사내는 덩치에 걸맞지 않게 불안한 기색이 역력했다.

"무슨 일이냐?"

모레츠의 눈초리가 까끄름하게 올라갔다. 그의 호위기사인 더그는 평소 대범하기로 소문난 사내였다. 아버지께 무슨 일이 생긴 건 아닌지 모레츠는 덜컥 겁이 났다.

"그게……."

"더듬거리지 말고 똑바로 말하거라. 무슨 큰일이 났다는 것이냐?"

앵거스가 모레츠를 대신해서 물었다. 그런데 어찌 된 일인지 더그가 머뭇거리며 눈치를 보았다.

'응?'

그가 향하는 시선에는 리안이 있었다.

"뭐야?"

창가에 있던 라키아가 낌새를 채고 걸어왔다. 그의 험악한 말투에 주눅이 든 듯 더그의 고개가 밑으로 숙여졌다.

"무슨 일인지 어서 말하거라."

모레츠가 다시 명령했다.

"그것이…… 싸움이 벌어졌습니다."

"싸움?"

"네……."

"어디서 말이냐? 설마……."

호위기사인 더그는 모레츠가 모임을 갖는 동안 대기실에서 따로 머무는 것이 규칙이었다. 그곳은 모레츠의 호위기사만이 아니라 타 귀족의 호위기사들과도 함께 써야 한다.

아무래도 거친 자들이 많다 보니 가끔 싸움이 일어나고는 하는데, 그곳에도 힘의 세력은 있었다. 모시는 자가 누구냐에 따라 호위기사들 간에도 권력 구도가 생기는 것이다.

더그는 맥카시 공작의 장남인 모레츠를 호위하는 기사다. 그런 그를 감히 어느 누가 건드린단 말인가!

"누구냐."

모레츠가 낮은 음성으로 물었다.

"……"

더그는 대답하지 못했다. 그때 앵거스의 시선이 리안에게로 옮겨갔다. 더그가 지금껏 눈치를 살핀 건 다른 자가 아닌 바로 리안이었다.

앵거스의 행동에 모레츠도 그때야 눈치 챘다. 그가 잠시 리안을 노려보다가 다시 물었다.

"혹시 칼리스타 백작님의 호위기사냐?"

"……네."

하얗게 질리는 리안의 얼굴이 시야에 들어왔다. 비릿한 미소가 모레츠의 입가에 지어졌다.

'후후, 그렇단 말이지.'

모레츠가 미소를 애써 숨기며 레베카를 향해 몸을 돌렸다.

"차 잘 마셨습니다. 다음에 또 보지요. 가자!"

더그를 앞장세우고 모레츠와 앵거스가 급히 방을 빠져나갔다.

리안과 라키아의 시선이 허공에서 마주쳤다.

"레베카 양, 저도 이만 가보겠습니다."

모레츠가 사라진 방향을 향해 리안과 라키아가 빠른 속도로 걸음을 옮겼다.

                    *   *   *

"다시 한 번 말해 보아라."

차이의 낮게 깔린 음성에 사내가 부르르 몸을 떨었다. 베인 팔뚝과 어깨에서 붉은 피가 뚝뚝 떨어졌지만 아픔은 느껴지지 않았다. 그의 시선을 사로잡은 것은 차이의 검은 눈이었다.

심연과도 같은 차가운 눈빛이 사내를 옭아매었다. 전신이 쩌릿쩌릿해지며 정신이 멍해지는 게 아무것도 할 수가 없었다. 그저 이 자리를 박차고 나가고만 싶었다.

"조금 전까지 그 입으로 잘도 떠들지 않았나?"

차이의 손에 들린 단도가 사내의 입을 향해 옮겨 왔다. 혈향 (血香)이 풍기자 사내의 미간이 굳었다. 단도에 묻은 것은 그의 피였다.

"그, 그만 하시오."

사내가 두려운 눈으로 단도를 내려다보며 겨우 입을 열었다. 그러자 차이의 입가에 비웃음이 떠올랐다.

"그만 하라?"

"사과라면 이, 이미 하지 않았소. 출혈이 더 심해지기 전에 어서 치료를 해야 하오!"

차이의 시선이 잠시 사내의 옆으로 비켜갔다. 그곳에는 사내와 같은 복장을 한 남자가 허벅지를 움켜쥔 채 바닥에 쓰러져 있었다.

헝겊이 덧대어져 있어 상처를 볼 순 없었지만, 바닥에 흥건한 피하며 붉게 물든 천이 부상의 정도를 짐작할 수 있게 해주었다.

"더그는 아직인가!"

방 안에는 차이를 포함해 총 네 명의 사내가 있었다. 쓰러진 동료를 부축하고 있던 사내가 차이를 흘깃거리며 신경질적으로 외쳤다.

그런 그의 상태도 온전하지는 못했다. 다른 사내들보다는 양호했으나 한쪽 뺨과 손등에 가느다란 칼자국이 나 있었다.

차이의 서슬 퍼런 목소리가 다시금 흘러나왔다.

"내 앞에서 감히 나의 주인을 모독하고도 살아남을 것이라 생각했나?"

"우, 우리가 언제 모독했다고 그러시오!"

"그럼 그것이 모독이 아니면 뭐지? 나의 주인이 누구에게 몸을 팔아?"

고저가 없는 차이의 음성은 사내들로 하여금 더욱 두려운 마음을 들게 했다.

차이와 마주 서 있던 사내가 입술을 깨물며 시선을 내리깔았다. 그런 그의 얼굴에는 쓰러진 동료를 향한 원망이 담겨 있었다.

'크로거.'

이 모든 게 그의 입방정으로 벌어진 일이었다. 모레츠의 호위기사를 할 만큼 출중한 무예 실력을 갖췄지만, 크로거의 인성은 그 실력을 쫓아가지 못했다.

상대가 자신보다 밑이라고 판단되면 어떻게든 깔아뭉개야 직성이 풀리는 그의 성격은 평소에도 많은 문제를 불러일으키곤 했다.

크로거를 자극한 건 차이의 무관심이었다. 고고한 척 홀로 조용히 대기실의 한구석을 차지하고 있는 차이의 태도가 그의 심기를 건드렸다.

우습게도 대기실의 모든 호위기사가 그의 눈치를 보고 있었다. 자연스레 풍기는 위압감으로 인해 그런 현상이 벌어진 것이지만, 항상 남들 위에 서야만 하는 크로거는 그것을 받아들이기가 힘들었다.

감히 공작가의 가신인 그를 두고 할 수 없는 행동이라 여긴 것이다. 은근슬쩍 그가 칼리스타 백작의 얘기를 꺼낸 것은 그때였다.

"요즘 귀족들 사이에서 남색이 유행하고 있다는데, 자네들 혹시 들어봤나?"

"몇몇 윗분들에게 그런 취미가 있다고 듣기는 했다만, 그게 유행까지 한단 말인가?"

"미꾸라지 한 마리가 온 웅덩이를 흐려 놓는다고 하질 않던가. 지금이 딱 그 짝일세."

"미꾸라지라니? 그게 누군데?"

"왜 요즘 잘 나가는 한 분 있지 않나. 나이도 어린 데다가 곱상하게 생긴. 말이 나와서 말인데, 예쁘장한 얼굴하며 야들야들한 몸뚱이가 내가 보기에도 꼴깍 침이 넘어가게 생겼더군. 이미 많은 귀족들이 넘어간 모양이야. 어떻게 홀리고 다니는지 그의 말이라면 무엇이든 다 들어준다고 하더군."

"설마 몸을 팔아서 지금의 자리에 올랐다는 뜻인가?"

"소문에는 동생을 시집보낸 것도 다 그 덕이란 말도 있네. 동생의 남편과도 그렇고 그런…… 끄아악!"

크로거의 말은 끝을 맺지 못했다. 그가 갑자기 비명을 지르며 쓰러졌기 때문이다. 그의 허벅지에서는 시뻘건 피가 철철 흐르고 있었다.

"이게 무슨 짓이오!"

크로거를 공격한 것은 차이였다. 어느새 다가온 차이가 그를 무섭게 노려보고 있었다. 그런 그의 손에는 붉은 피를 머금은 단도 하나가 들려 있었다.

'그때 알아봤어야 했는데······.'

사내는 더 이상 기억하고 싶지 않았다.

상대의 무기는 손가락보다도 짧은 길이의 단도였다. 그런 작은 칼로 크로거를 저 지경으로 만들었다는 건 보통의 실력으로는 불가능했다. 상대는 단 한 동작으로 크로거를 무너뜨렸다.

처음엔 갑작스런 사태에 당황하긴 했지만 동료의 부상을 보고 가만히 있을 수는 없었다. 더그가 응급처치를 하고 남은 둘이 덤벼들었다.

하지만 결과는 처참했다. 나름 이 바닥에서 실력자로 소문난 그들이 이름도 없는 자에게 눈 깜짝할 사이에 당한 것이다. 그것도 손 한 번 써보지 못한 채.

상대는 그들이 해결할 수 있는 수준이 아니었다. 단박에 목숨을 취할 수 있는 충분한 실력이 되면서도 지금껏 살려두고 있다는 사실이 감사할 뿐이었다.

아마도 맥카시라는 이름이 방패막이를 해주는 것이리라. 공작가에 몸을 담고 있다는 것이 오늘처럼 다행이라고 여긴 적이 없었다. 더그가 올 때까지 기다리는 것만이 그들이 할 수 있는 최선의 방법이었다.

"근거도 없이 입을 놀리면 어떻게 되는지 오늘 내가 똑똑히 알려주겠다."

차이의 눈동자가 깊게 가라앉았다. 단도를 쥔 차이의 손에 힘이 들어가자 사내가 겁을 내며 뒤로 한 걸음 물러났다.

딸깍.

그때 대기실의 문이 열리며 사람들이 들어왔다. 동료인 더그의 모습이 제일 먼저 보였고 그 뒤로 모레츠와 앵거스, 그리고 리안과 라키아가 들어섰다.

"공자님!"

모레츠의 등장에 가장 기뻐한 것은 차이와 마주하고 있던 사내였다. 그가 팔뚝을 부여잡고 모레츠에게로 뛰어갔다.

"……."

모레츠의 눈가가 차갑게 식었다. 그는 기가 막혔다. 보아하니 상대는 하나였고 이쪽은 더그를 제외하더라도 셋이었다.

삼 대 일의 싸움. 그것은 당연히 삼의 승리가 되어야 한다.

하지만 실상은 전연 그렇지가 못했다.

다리, 팔, 어깨, 얼굴, 손.

모레츠의 시선이 수하들의 상처를 차례대로 훑다가 차이에게로 옮겨갔다.

'하아?'

다친 곳이 하나도 없다. 혹여 놓쳤을까 싶어 샅샅이 살폈지만 차이의 상태는 아주 멀쩡했다.

톡.

붉은 핏물이 차이의 단도를 타고 한 방울 떨어졌다. 모레츠의 얼굴이 일그러지며 한순간 광포한 살기가 뿜어졌다.

"감히 나를 위협하려는 것이냐!"

귀족 앞에서 무기를 꺼내든다는 것은 중범죄에 해당되는 일이었다. 차이가 순순히 단도를 허리춤에 꽂아 넣었다.

그러나 죄송하다는 사죄의 말도 없었고 그에 준하는 행위 또한 없었다. 그 사실에 모레츠가 어이없어 할 때 리안이 나섰다.

"차이, 무슨 일이야?"

걱정이 담긴 리안의 음성에 차이가 송구하다는 듯 고개를 숙였다. 그런 차이의 눈에는 아직도 분이 풀리지 않은 듯 노기가 어려 있었다.

"말해 봐. 무슨 일인데 그래?"

리안은 차이가 괜한 일로 분란을 만들었다고는 생각하지 않았다. 분명 그에 맞는 합당한 이유가 있을 것이다.

"……."

하지만 어쩐 일인지 차이는 말하기를 꺼려하는 눈치였다. 지금껏 리안이 묻는 말에 무엇이든 척척 대답해주던 모습과는 달라도 너무 달랐다.

"차이?"

처음 겪는 차이의 태도에 리안이 의아해할 때, 모레츠 쪽에서 거친 음성이 튀어나왔다.

"저자가 먼저 시비를 걸었습니다!"

더그라는 사내였다. 그가 차이를 손가락으로 가리키며 소리쳤다.

"저희는 이곳에서 공자님을 기다리며 이야기를 나누고 있었습니다. 근데 갑자기 저자가 접근하더니 다짜고짜 칼을 휘두르지 뭡니까!"

"저희가 방비를 할 틈도 없이 갑자기 벌어진 일입니다. 저런 미친 자는 재판에 회부하여 벌을 주어야 합니다!"

"마, 맞습니다! 제일 가까이 있었던 죄로 크로거가 봉변을 당했습니다. 저자의 다리도 똑같이 만들어야 합니다!"

동료들의 입에서 자신의 이름이 거론되자 크로거의 신음소리가 더욱 커졌다. 덕분에 상처를 치료해주려던 마음이 싹 사라졌다. 리안이 얼굴을 굳히며 그들에게로 한 걸음 걸어갔다.

"방금 전 그 말, 모두 증명할 수 있습니까?"

냉랭한 리안의 음성에 모레츠의 호위기사들이 흠칫거렸다. 그들을 바라보며 리안이 분명하게 말했다.

"내가 아는 차이는 먼저 시비를 걸 사람이 아닙니다. 그가 당신들을 공격했다면 그만한 이유가 있었을 겁니다. 함부로 말하지 마십시오."

"말씀 중에 죄송하지만 칼리스타 백작님, 저도 한마디 해도 되겠습니까?"

눈빛은 어느 때보다 싸늘했지만 모레츠의 태도와 말투는 정중하기 그지없었다.

"수하를 믿는 백작님의 마음은 잘 알겠습니다. 하지만 그건 저의 수하들도 마찬가지입니다. 없는 말을 지어내는 자들도 아닐 뿐더러, 감히 제 앞에서 거짓을 고하는 자들도 아니지요."

"그쪽은 넷이고 이쪽은 하나입니다. 저들이 입을 맞춘다면 진실이 어떻든 무슨 소용이겠습니까?"

"말씀이 지나치시군요."

"수하를 믿기 때문입니다."

"그럼 제삼자를 부르면 되겠습니까?"

대기실에는 그들만 있었던 것이 아니었다. 싸움이 일어난 직후 휘말릴 것을 염려한 다른 호위기사들은 밖으로 나가 있었다.

"좋습니다."

리안이 승낙하자 앵거스가 기다렸다는 듯 문을 열고 호위기사들을 불러들였다. 들어온 자는 총 네 명으로 둘은 앵거스의 호위기사였고, 나머지 둘은 각기 보웬 남작과 아르의 호위기사였다.

모레츠를 대신해서 앵거스가 물었다.

"지금부터 너희들이 본 대로만 대답해라. 저자가 다짜고짜 이들에게 칼을 휘둘렀다는 게 사실이냐?"

'하핫.'

리안은 실소하지 않을 수 없었다. 묻는 방식이 어처구니가 없다. 앵거스의 질문은 그들로 하여금 다른 답을 할 수 없게 만들었다.

아니나 다를까.

잠시 주저하긴 했지만 앵거스의 호위기사가 고개를 끄덕이며 수긍했다.

"……사실입니다. 이들은 이쪽에서 이야기를 나누고 있었고, 저자는 창가에서 홀로 서 있었습니다. 그런데 갑자기 칼을 뽑으면서 달려들었습니다."

"네, 저도 보았습니다."

말이 없는 건 보웰 남작과 아르의 호위기사였다. 그들은 반론을 펼치지도 않았지만, 그렇다고 딱히 차이의 편을 들어주지도 않았다. 그저 끼고 싶지 않은 눈치였다.

"이래도 거짓이라고 하실 겁니까?"

모레츠가 도전적인 시선으로 리안을 향해 고개를 들었다. 리안은 차이에게로 몸을 틀었다.

"차이의 얘기도 한번 들어 보죠."

"기꺼이."

"자, 이제 말해 봐. 저들이 무슨 얘기를 했어?"

리안의 질문에 차이의 눈동자가 살짝 흔들렸다.

'역시.'

리안은 자신의 직감이 맞았음을 알았다. 호위기사들의 증언은 하나같이 그들끼리 이야기를 나누고 있었다는 것이었다.

만약 그것이 사실이라면 차이는 그들의 대화를 듣고 화가 난 것이다.

몰래 뒤에서 차이의 욕이라도 한 걸까?

'아니면…….'

"혹시 나에 대해서?"

차이가 움찔거렸다. 모레츠의 호위기사들 또한 경직되는 것이 느껴졌다.

'그랬군.'

리안은 그제야 의문이 풀렸다. 생각해 보면 너무 쉬운 정답이었다.

무심한 차이의 성격은 쉽게 화를 내는 법 또한 없었다. 라키아의 반항적인 태도에도, 아사의 버릇없는 행동에도 끄떡없는 차이가 아닌가.

차이를 화나게 할 수 있는 건 공교롭게도 리안과 관계된 것이어야 했다. 용언마법을 계승했다는 이유만으로 차이는 리안을 주인으로 섬기며 모시는 중이었다.

평소와 달리 리안의 물음에도 답하지 않는 것은 아마 나쁜 말을 옮기고 싶지 않아서일 것이다. 불리하다는 것을 알면서도 말이다.

자신에 대한 차이의 마음이 어느 정도인지 리안은 새삼 실감했다.

"주인의 묻는 말에 대답도 하지 않는 호위기사라……. 참

재미있군요."

비아냥거리는 모레츠의 입가에는 승리의 미소가 떠올라 있었다.

"더 기다려야 합니까? 제가 인내심이 그리 길지 않아서 말입니다."

"⋯⋯."

"그나마 말이 없는 걸 보면 양심은 있나 봅니다. 정상참작은 해드리지요."

"무슨 뜻입니까?"

"아무런 잘못도 없는 제 수하들에게 칼을 휘둘렀습니다. 설마 칼리스타 백작님께선 제가 가만히 넘어갈 거라고 생각하신 겁니까?"

꼬박꼬박 존대를 하고 있지만 모레츠의 말투에는 리안을 향한 멸시가 깔려 있었다. 감히 맥카시 공작가의 후계자인 자신을 건드렸으니 그 대가를 치르게 하고 말겠다는 의지가 엿보였다.

차앙!

그가 지니고 있던 검을 꺼내 들었다.

"백작님을 생각해서 팔 하나만 취하겠습니다."

가소로운 표정을 지으며 모레츠가 차이에게로 다가갔다.

차이는 여전히 가만히 자리를 지키고 서 있었다. 상황이 이렇게 되었음에도 그에게선 전혀 불안한 기색을 찾아볼 수 없었다.

라키아는 재밌는 구경거리라도 발견한 사람처럼 팔짱을 낀 채 그 광경을 지켜보고 있었다.

"모레츠 경, 섣부른……."

닫혀 있던 대기실의 문이 또 한 번 열린 것은 리안이 모레츠를 말리려고 나설 때였다. 그 문으로 글렌과 타운젠드 공작, 레베카, 그리고 맥카시 공작과 콘로이 자작이 차례대로 들어왔다.

"아버지."

이미 상황을 전해들은 듯 맥카시 공작의 얼굴빛은 하얗게 질려 있었다. 그의 시선이 아들인 모레츠를 넘어 차이에게로 향했다.

"다들 물러가라."

타운젠드 공작이 인상을 쓰며 낮게 명령했다. 그 서슬 퍼런 음성에 호위기사들이 서둘러 대기실을 빠져나갔다.

"앵거스도 나가 있거라."

마지막으로 부상당한 크로거까지 나가자 콘로이 자작이 아들에게 눈짓했다. 앵거스가 잠시 싫다는 기색을 내비쳤지만 자작의 뜻은 단호했다.

타악.

문이 닫히고 안에는 아홉 사람만이 남았다. 공작들의 측근과 리안, 라키아, 그리고 차이였다.

"모레츠, 검을 거두어라."

"아버지?"

모레츠는 작금의 상황을 이해할 수 없었다. 무슨 큰일이 났다고 손수 이곳까지 오셨단 말인가?

게다가 타운젠드 공작은 한술 더 떠 보안을 요하기라도 하듯 사람들을 다 내보냈다. 증인이 필요한 모레츠에게는 참으로 못마땅한 처사였다.

그때 조용하던 차이의 입이 벌어졌다.

"아들 교육을 아주 형편없이 시켰군."

"……?"

모레츠는 자신의 귀를 의심했다. 그의 부릅뜬 눈이 차이에게로 향했다. 화답이라도 하듯 차이가 씩 미소를 지었다.

"감히!"

검을 쥔 모레츠의 손에 힘이 들어갔다. 그는 차이가 미친 거라고 확신했다. 그렇지 않고서야 아버지까지 오신 마당에 자신에게 저런 표정을 지을 수 없었다.

모레츠가 검을 들고 차이를 향해 돌진하려 할 때다.

휘익—

캉!

별안간 무언가 날아와 모레츠의 검날에 부딪혔다. 그 충격으로 모레츠가 한순간 균형을 잃고 자리에 엉덩방아를 찧었다.

콰직거리는 소리가 등 뒤에서 들렸다. 급히 돌아보니 그의 검이 들고 있던 형태 그대로 벽에 매달려 있었다.

그리고 그 위로 작은 단도 하나가 검날을 뚫은 채 벽에 박혀 있었다. 검날 전체가 벽에 파묻혀 있어 손잡이만이 보였지만, 그것은 분명 조금 전까지 칼리스타 백작의 호위기사가 들고 있던 것이었다.

"……!"

모레츠의 고개가 천천히 돌아갔다. 상대는 더 이상 웃고 있지 않았다.

"내 앞에서 함부로 검을 꺼내지 마라. 다음에는 너의 팔을 취할 것이다."

건조한 음성과 함께 섬뜩한 안광이 그에게로 쏘아졌다. 다시는 마주치고 싶지 않은 그 눈빛에 모레츠의 몸이 딱딱하게 굳었다.

제3화

대담

　모레츠만큼이나 레베카는 현 상황을 이해할 수 없었다. 할아버지를 모시고 온 건 그녀였다. 티파티를 나서던 모레츠의 표정이 심상치가 않았기 때문이다.

　호위기사들의 싸움은 주인들의 자존심 싸움으로 번질 확률이 크다. 과장을 조금 보태면 영지전으로까지 발전할 수 있는 것이다.

　그렇게 되면 불리해지는 쪽은 당연히 칼리스타 백작이었다. 그가 아무리 황후의 오라비가 되었다 해도 아직 제국에서 맥카시 공작의 위세를 따라가기란 힘들었다.

　그런데 어찌 된 일일까?

사태를 보니 당황한 건 오히려 맥카시 공작 쪽이었다. 바로 눈앞에서 모레츠가 한낱 호위기사에게 당하고 있음에도 공작은 말이 없었다. 도리어 눈살을 찌푸리며 자신의 아들을 바라보고 있었다.

이상한 건 그것만이 아니었다. 자신에게는 한없이 다정하신 분이지만 할아버지는 예의에 어긋나는 짓을 가장 싫어하시는 분이었다.

그녀가 아는 할아버지라면 험악한 분위기를 조성한 칼리스타 백작의 호위기사를 그 즉시 어떤 식으로든 벌해야 했다.

이름이 차이라고 했던가.

리안이 호위기사라며 그를 소개시켜줬을 때 레베카는 적잖이 놀랐었다. 첫 만남에서 그녀에게 알 수 없는 두려움을 주었던 사내. 그가 리안의 호위기사가 되었을 줄은 상상도 못한 것이다.

감히 할아버지가 계신 앞에서 이런 일을 벌이다니. 배포가 크다고 해야 할지 어리석다고 해야 할지 레베카는 판단하기가 어려웠다.

"무, 무례함이 지나치구나!"

모레츠가 일어선 것은 그때였다. 일순간 상대의 기세에 눌려 잠시 멍했지만 이내 정신을 차렸다.

많은 사람들이 지켜보는 앞에서 엉덩방아를 찧었다는 것에 그는 모멸감을 느꼈다.

"한낱 기사 주제에 감히……."

"모레츠."

맥카시 공작이 다시 한 번 아들을 말리고 나섰다. 차이를 무섭게 노려보던 모레츠가 고개를 획 꺾었다.

"아버지, 오늘 일은 결코 가볍게 넘어가서는 안 됩니다. 소자가 저자에게 예의가 무엇인지 가르쳐주겠습니다."

"그만 되었다."

"말리지 마십시오. 제 수하들에게 상처를 입힌 자입니다."

"너는 그만 나가 있거라."

"아버지! 저자가 한 짓을 똑똑히 보시고도 그런 말씀이 나오십니까?"

엄하시긴 해도 남들 앞에서는 언제나 기를 살려주시던 아버지였다. 모레츠가 억울한 표정을 짓자 공작이 인상을 굳히며 이전과는 다른 음성을 내뱉었다.

"그만 하라는 아비 말 못 들었느냐?"

"……!"

"사죄드리거라."

"아버지……?"

모레츠는 아버지의 말을 이해할 수 없었다. 사죄를 하라니? 누가 누구에게 말인가?

설마 공작가의 후계자인 자신이 한낱 호위기사에게 미안하다고 말하라는 것인가?

기가 막힌 모레츠가 주위를 둘러보는데 더욱 이상한 건 당연하다는 듯한 사람들의 태도였다. 놀란 얼굴을 하고 있는 건 레베카가 유일했다. 그녀도 자신 만큼이나 얼떨떨한 표정을 짓고 있었다.

맥카시 공작에게는 참으로 굴욕적인 순간이 아닐 수 없었다. 타운젠드 공작이 지켜보는 앞에서 아들에게 사과를 종용하고 있다니 기가 막히다.

그가 질끈 눈을 감으며 낮은 음성을 토해냈다.

"크라우저 후작님이시다. 예를 갖추어라."

"……크라우저?"

모레츠나 레베카나 처음 듣는 이름의 가문이었다. 게다가 후작이라니. 그들이 알기로 제국에 현재 남아 있는 후작가는 쉐르단 가문뿐이었다.

"아버지, 후작이라니요? 제국에 후작가가 쉐르단 가문 말고 또 있습니까?"

아들의 물음에 맥카시 공작은 천천히 고개를 끄덕였다. 모레츠와 레베카의 눈이 믿을 수 없다는 듯 커졌다. 그 순간 둘은 깨달았다.

'진짜야.'

'그가 후작이었어!'

장난이 아니었다. 아들을 보는 맥카시 공작의 눈빛은 한없이 진지했다. 어째서 후작인 그가 백작의 호위기사 노릇을 하고 있는지는 모르겠지만, 상대는 정말로 후작이었다.

"어서 사죄하고 물러가거라."

맥카시 공작은 간신히 목소리를 끄집어냈다. 모레츠의 눈에 그제야 아버지의 모습이 들어왔다.

'아버지……'

자신보다 더한 모멸감에 찬 공작의 표정을 보고 모레츠가 눈빛을 흐렸다.

'아버지를 망신시켜도 유분수지, 하필이면 이런 곳에서……'

송구한 마음에 얼굴조차 들 수가 없다.

"죄송합니다."

모레츠가 고개를 푹 숙이며 차이에게 사과했다. 그것은 차이가 아니라 아버지인 맥카시 공작에게 건네는 사죄라고 할 수 있었다.

차이가 후작이라는 것이 밝혀짐으로써 상황은 단번에 역전이 되었다.

"몰라 뵙고 그만 무례를 저질렀습니다. 용서하십시오."

모레츠는 주먹을 움켜쥐며 최대한 정중하려고 노력했다.

"공작을 생각해서 오늘은 넘어가겠다. 하지만 또다시 수하들에게서 이상한 소리가 흘러나온다면 그때는 용서하지 않을 것이다."

차이의 음성에는 여전히 분노가 담겨 있었다. 마치 아량을

베푼다는 그의 말에 모레츠는 자존심이 상했지만 지금은 조용히 참기로 했다.

그것에 신경을 쓰느라 그는 미처 상대가 아버지를 '공작 전하'가 아닌 '공작'이라 부르는 것도 눈치 채지 못하고 있었다.

하지만 레베카는 달랐다. 그녀가 고운 이마를 찌푸리며 차이를 바라봤다.

그때 타운젠드 공작이 청했다.

"잠시 자리를 옮겨 대화를 할 수 있겠습니까?"

"그러지."

너무도 자연스러운 하대가 차이의 입에서 흘러나오자 레베카의 얼굴이 충격으로 굳었다.

*   *   *

타운젠드 공작이 안내한 곳은 성의 깊숙한 곳이었다. 차이에 대한 얘기가 새어나갈까 봐 겁이라도 난 듯 공작들은 가는 내내 말이 없었다.

일행은 레베카와 모레츠를 빼고 일곱 명만이 움직였다. 고급스러운 가죽 소파에 그들이 앉자마자 김이 모락모락 오르는 차가 나왔다.

"조금 전 일은 죄송하게 되었습니다."

맥카시 공작은 아들을 대신해서 다시 한 번 사과했다. 그런 그의 태도가 대단히 정중해서 리안은 내심 놀라웠다.

황제 앞에서도 꼿꼿이 허리를 세우는 그가 아닌가. 공작이 과연 차이에 대해 어디까지나 알고 있을지 리안은 문득 궁금해졌다.

차이는 말없이 고개를 끄덕이며 차를 들이켰다. 충분히 기분이 상할 수 있는 상황임에도 공작은 전혀 거리낌 없이 다음 말을 이어 갔다.

"그보다 여기에는 어쩐 일로 오셨습니까?"

애써 웃고 있지만 맥카시 공작의 안면 근육은 긴장한 티가 역력했다. 타운젠드 공작도 여유로운 척하고 있지만 온 신경이 차이의 대답에 쏠려 있었다.

그것을 알기라도 하듯 차이가 느릿하게 입을 열었다.

"내가 못 올 데라도 온 것인가?"

"……그럴 리가요. 오랜만에 뵈니 반가워서 드리는 말씀입니다."

맥카시 공작이 어색한 웃음을 지을 때, 타운젠드 공작이 조심스럽게 끼어들었다.

"근 십 년 만인 듯합니다. 그동안 크라우저 후작님께선 어떻게 지내셨습니까?"

"보고받은 그대로네."

차이의 직설적인 대답에 공작의 이마에는 식은땀이 맺혔다.

감시를 눈치 채지 못할 거라고 생각하지는 않았지만, 이렇듯 드러내놓고 말하니 당황스러웠다.

"칼리스타 백작, 와줘서 고맙네."

서먹해진 분위기를 타개하고자 글렌이 나섰다. 그가 리안을 향해 반갑게 웃으며 아는 척을 했다. 첫날 눈인사를 하긴 했지만 라키아와 차이로 인해 정신이 없던 탓에 대화를 나누는 것이 거의 처음이었다. 그는 일전의 약속대로 리안에게 말을 놓고 있었다.

"저야말로 초대해주셔서 감사합니다."

"아니네, 그 같은 일을 겪고도 이렇게 와주다니 정말 고맙네. 얼마나 심려가 컸는가."

"많은 분들의 염려 덕분에 사고 수습이 무사히 마무리가 되었습니다. 이제는 별다른 걱정 없이 아카데미도 잘 운영되고 있습니다."

"흉수가 웬 남자라고 하던데, 사실인가?"

"네, 맞습니다."

"그 큰 건물을 무슨 수로 무너뜨렸는지 궁금하군."

호기심을 드러내는 글렌에게 리안은 차분히 설명했다.

"방법은 간단했습니다. 경비가 소홀한 틈을 타 아카데미에 몰래 침입하여 강당을 지탱하는 기둥과 주춧돌에 치명적인 흠집을 냈습니다."

"허허, 입학식 시간에 맞춰 강당이 무너지게끔 말인가?"

"네, 건축에 대한 지식이 있는 자라면 충분히 가능한 일이라고 하더군요."

"그자는 어찌 되었나?"

아닌 척 시치미를 떼고 있지만 맥카시 공작과 콘로이 자작의 귀가 쫑긋거렸다. 키넌의 생사는 그들이 가장 궁금하게 여기는 것 중 하나였다.

"……죽었습니다."

리안은 잠시 뜸을 들였다가 말했다. 맥카시 공작이 순순히 믿을 거라고 생각하지는 않지만 키넌을 위해서는 그것이 좋았다.

글렌은 다소 놀란 표정을 지었다가 이내 이해한다는 듯 고개를 끄덕였다.

"하긴, 지은 죄가 있으니 마땅히 처형을 해야겠지. 나라도 그리 했을 거네. 안 그렇습니까, 맥카시 공작 전하?"

발칙하게도 글렌은 맥카시 공작을 대화에 끌어들였다. 하지만 공작이 누군가. 그는 얼굴색 하나 변하지 않고 동의했다.

"당연히 그래야지. 사상자가 없다고는 하나 그런 중죄인을 살려둬서는 안 된다고 생각하네. 칼리스타 백작이 옳은 결정을 하였군."

"대마법사인 칼리스타 백작님이 그곳에 계셨던 것이 참으로 다행입니다."

역시 콘로이 자작이었다. 그가 대번에 이야기의 화살을 리안에게로 몰아갔다.

"그 나이에 5서클 마법사라니 대단하네. 여기 라키아 경까지 우리 제국에는 참으로 인재가 많군, 많아."

맥카시 공작이 흐뭇한 미소를 머금으며 리안과 라키아를 칭찬했다.

"과찬이십니다."

리안이 겸양을 떤 반면 라키아는 무표정한 얼굴로 묵묵히 차를 마셨다.

"그래, 라키아 경은 바로 황도로 올라갈 생각인가?"

"네, 폐하를 뵈러 가야 하니까요."

라키아의 대답에 타운젠드 공작이 크게 고개를 주억였다.

"암, 그래야지. 폐하께서 자네를 보면 무척 기뻐하실 거네."

"며칠 있으면 폐하께도 자네의 소식이 전해지겠군. 기다리시지 않게 서두르게나."

"안 그래도 이제 떠날까 했습니다."

당신들이 붙잡지만 않았어도 벌써 도착했을 거라고 한마디 쏘아붙이고 싶은 것을 라키아는 간신히 참았다.

"자네의 가문에 무고한 죄를 덮어씌운 자는 내가 반드시 색출하여 잡아낼 생각이네. 그러니 지난 일은 잊고 다시 새롭게 시작하게나."

"5년이나 지난 일입니다. 범인을 잡아낼 수 있겠습니까?"

라키아가 타운젠드 공작을 똑바로 쳐다보며 물었다. 그러자 공작이 입가를 실룩이며 말했다.

"5년이 대수인가? 폐하께서 누명을 벗겨 내셨고 자네가 이렇게 살아서 돌아왔네. 상대는 야심 많고 음모를 꾸미는 재주는 있을지 몰라도 실행하는 머리는 부족한 모양이네. 제국으로서는 참으로 다행한 일이지."

"하하, 그렇습니까?"

라키아는 저도 모르게 웃음이 새어나왔다. 이로써 알게 되었다. 자신의 가문을 무너뜨린 자가 누구인지. 그의 싸늘한 눈동자가 맥카시 공작을 향해 갔다.

리안과 차이도 그를 따라 공작의 얼굴을 살폈지만 여전히 공작은 포커페이스를 유지하고 있었다.

"나도 힘써 도와주겠네."

"두 공작 전하께서 이렇게 나와 주시니 참으로 영광입니다."

"재상의 할 일이 무엇인가? 바로 나라를 바로 세우는 일일세. 썩어 가는 팔다리는 잘라내야지."

"저는 두 분만 믿겠습니다. 제가 가문의 원수를 꼭 갚을 수 있도록 모쪼록 도와주십시오."

라키아의 시선은 맥카시 공작에게 고정되어 있었다. 잔잔한 호수 같던 공작의 눈빛이 흔들린 것은 그때였다.

"크라우저 후작님께도 부탁드립니다."

라키아가 차이를 입에 올린 순간 공작의 평정심이 흩어졌다.

차이의 눈 꼬리가 재미있다는 듯 올라갔다. 라키아가 정말로 도움을 바라는 게 아니라는 것 정도는 그도 알고 있었다. 녀석은 그저 공작에게 겁을 주고 싶은 것뿐이리라.

'훗.'

차이의 고개가 흔쾌히 위아래로 움직였다.

"언제든지."

함께 왔을 때부터 어느 정도 예견은 했으나 당연하다는 듯 서로를 대하는 라키아와 차이를 보고 두 공작은 인상을 굳혔다.

한편이 된 것인가?

차이, 라키아, 그리고 리안.

그 세 이름이 얽혀들며 공작들의 머릿속을 헤집기 시작했다.

딱 한 번 그들은 본 적이 있었다. 차이가 화가 나면 얼마나 무섭게 돌변하는지를.

세상과 등을 지고 조용히 살아가는 후작이지만, 그가 결코 건드려서는 안 되는 자임을 타운젠드 공작이나 맥카시 공작 모두 분명하게 알고 있었다.

이곳에 함께 온 이유가 정말로 무엇일까.

결국 타운젠드 공작이 참지 못하고 말을 꺼냈다.

"앞으로는 크라우저 후작님의 얼굴도 자주 좀 뵈었으면 합니다. 꽁꽁 숨어만 계시지 마시고 시간을 내주십시오."

"걱정 말게. 안 그래도 당분간은 그럴 것 같으니까."

"……!"

두 공작의 눈이 동시에 커졌다. 놀랍게도 차이의 얼굴에는 좀처럼 볼 수 없던 미소가 피어 있었다. 그 미소의 끝에 리안이 있다는 것이 공작들은 왠지 불길했다.

"후작님의 그 말씀은 이제 은거를 깨고 정계에 나서시겠다는 뜻입니까?"

말을 잇지 못하는 공작들을 대신해서 물은 것은 콘로이 자작이었다.

"내 말이 그렇게 들리던가?"

"그게 아니시라면 어떤……."

말끝을 흐리는 자작을 차이가 가만히 응시했다. 그 차가운 시선에 자작의 어깨가 흠칫 떨렸다. 두 번은 마주치고 싶지 않은 눈빛이었다.

차이의 고저 없는 말투가 이어졌다.

"아마 이전과 크게 달라지는 것은 없을 것이네. 난 지금 생활에 만족하고 있거든."

"칼리스타 백작님의 호위…… 기사로 계신 것을 말씀하시는 겁니까?"

자신이 생각해도 말이 안 된다고 여겼는지 자작이 그답지 않게 말을 더듬거렸다.

공작들의 눈이 빛났다. 그들이 묻고 싶었던 것이 바로 그거였다. 어째서 후작인 그가 백작인 리안의 호위기사가 되어 왔는지 아무리 머리를 굴려도 답이 나오지 않았다.

"……."

그런 공작들을 약 올리기라도 하듯 차이는 대답하지 않았다. 그저 보일 듯 말 듯한 미소를 다시 지을 뿐이었다.

"칼리스타 백작과 함께 지내신다니 앞으로 종종 뵙게 되겠군요. 기대하고 있겠습니다."

그때 글렌이 밝은 음색으로 차이를 향해 말했다. 그는 콘로이 자작처럼 차이의 대답 같은 건 기다리지 않았다.

이전과 크게 달라지는 것이 없으면서 지금이 좋다는 건 물을 필요가 없는 말이었다.

차이의 눈길이 콘로이 자작에서 글렌에게로 넘어갔다. 전처럼 주눅 들지 않겠다고 글렌은 단단히 마음먹고 있었다.

하지만 차이의 검은 눈과 마주친 순간 그런 마음가짐은 일순간에 사라졌다. 어쩔 수 없는 공포감이 저 밑바닥으로부터 스멀스멀 올라왔다.

그래도 피하지 않겠다는 그 용기가 가상했을까.

차이가 눈빛을 거두며 고개를 끄덕였다.

"나도 기대하겠네."

긴장된 네 개의 시선이 그런 차이의 얼굴에 가 꽂혔다.

"외숙! 외숙이라도 말씀해 보세요! 그자의 정체가 대체 뭐죠?"

레베카의 날카로운 목소리가 천장을 찔렀다. 그녀는 실로 오랜만에 잔뜩 흥분한 상태였다.

타운젠드 공작은 낯빛을 굳힌 채 말이 없었고, 글렌은 레베카의 시선을 피해 다른 곳을 바라보고 있었다.

"그래요. 처음 들어 보는 가문이지만 후작이라고 쳐요. 그런데 제가 잘못 알고 있는 건가요? 어째서 후작이 공작인 할아버지께 하대를 하는 거죠?"

"……."

"나이가 많으면 몰라요. 그자는 서른도 안 되어 보였다고요. 어떻게 감히……!"

'감히'라는 단어를 좋아하지 않는 레베카지만 지금은 그보다 더 적합한 말을 찾을 수가 없었다.

"제일 이해가 되지 않는 건요, 후작이라는 자가 어째서 칼리스타 백작의 호위기사 노릇을 하고 있냐는 거예요. 이게 말이 되는 건가요?"

"레베카, 진정해라."

"외숙, 제가 진정하길 바라시면 속 시원히 말씀 좀 해주세요. 크라우저 후작, 그는 대체 누군가요?"

레베카가 애원하며 글렌의 맞은편에 털썩 주저앉았다.

"아버지."

글렌이 곤란한 얼굴로 타운젠드 공작을 돌아봤다. 평소라면 절대 하지 않을 실수였다. 후작이 관계된 일인 만큼 크게 번지기 전에 막아야 한다는 생각에 레베카를 미처 신경 쓰지 못했다.

두 부자는 차이에 대한 얘기를 해야 할지 말아야 할지 심각한 고민에 빠져 있었다.

"할아버지, 저 더 이상 어린애 아니에요. 어서 말씀해 주세요."

새파란 눈동자를 곧게 뜨고 자신을 바라보는 레베카를 보며 타운젠드 공작은 한숨을 내쉬었다.

어려서부터 예뻐만 한 탓에 자기주장이 강하기도 하지만, 레베카는 원래가 궁금한 것을 참지 못하는 성미였다. 그 궁금함과 호기심 때문에 대륙 전역을 겁 없이 여행하는 것이 바로 그의 손녀딸이었다.

아마도 얘기해주기 전까지는 레베카의 손에게 벗어나지 못하리라. 결국 타운젠드 공작은 백기를 들었다.

"그는 말이다……."

"네, 할아버지."

레베카는 몸을 꼿꼿이 세우며 공작의 말에 집중했다. 그런 그녀의 얼굴이 점점 경악으로 물들었다.

"할아버지…… 지금 그 말을 저보고 믿으라는 말씀이세요?"

"믿지 않으면 네가 본 것은 어찌 이해할 테냐?"

"하지만……."

"인간이 어떻게 그렇게 오래 살 수 있느냐고?"

얼어붙은 얼굴로 머리를 끄덕이는 손녀딸을 타운젠드 공작은 자상한 눈빛으로 바라봤다.

"얼마 전 네 아비에게도 말했지만 그는 이종족이거나 하프 블러드가 아닐까 싶다."

"하프 블러드……."

레베카는 멍하니 그 단어를 중얼거렸다. 하프 블러드라 불리는 자들이 존재한다고는 이전부터 알고 있었지만, 이런 식으로 맞닥뜨릴 거라고는 상상도 하지 못했다.

혹시 그래서 그런 두려움을 느꼈던 것일까?

그가 인간이 아니어서?

후작을 처음 만났던 그날의 기억이 떠오르자 레베카의 이마가 찌푸려졌다. 역시나 생각하고 싶지 않은 기억이었다.

"레베카, 후작에 대해서는 누구에게도 발설해서는 안 된다. 그건 누이에게도 마찬가지다."

글렌의 누이라면 레베카에게는 곧 엄마였다. 아직 얼떨떨했지만 레베카는 고개를 주억이며 약속했다. 그러다 무언가 생각이라도 난 듯 두 눈을 동그랗게 떴다.

"칼리스타 백작은 후작을 어떻게 알았을까요? 저도 모를 정도면 후작에 대해 아는 자가 많지 않다는 얘기잖아요."

"……."

"백작의 영지에 찾아갔을 때 후작을 만난 적 있어요. 그때 만 해도 서로 모르던 것 같았는데……."

"서로 몰라?"

"네, 외숙. 여관에서 라키아 경과 합석을 한 적이 있거든요. 그곳으로 그 후작이라는 분이 왔었는데 분명 모르는 사이로 보였어요. 그러니 칼리스타 백작과도 당연히 모르지 않았을까 요?"

글렌과 공작의 눈이 마주쳤다.

"게다가 왠지 쫓는 듯한 느낌이……."

"쫓아? 누가 누굴 말이냐?"

"라키아 경이 그 후작을요."

"라키아가 후작을?"

"네, 크라우저 후작이 도망치듯 사라지자 욕을 하며 쫓아가 던걸요."

그곳엔 라키아와 차이 말고도 아사도 있었지만 레베카는 군 이 그 얘기까지는 하지 않았다.

"아버지, 그들 셋이 서로 안 지가 그리 오래되지는 않은 모 양입니다."

"내 생각도 그렇다."

"무엇이 후작의 관심을 끈 것일까요?"

사이가 오래되지 않았다는 건 그들의 관계가 끈끈하지 않을 수도 있다는 얘기였다. 아직 안심할 단계는 아니지만 글렌의 음성은 다소 누그러져 있었다.

"글쎄다."

타운젠드 공작이 아들의 질문에 골똘히 생각에 잠길 때 레베카가 끼어들었다.

"외숙, 그걸 몰라서 물으시는 거예요?"

"뭐?"

"강당이 무너지는 사고로 칼리스타 백작의 마법 실력이 온 세상에 드러났잖아요. 그 정도면 충분히 후작의 관심을 끌 만하지 않겠어요?"

"레베카, 이미 말했다시피 후작은 최소 5서클 마법사다. 더욱이 5서클 마법사라면 럼블리 백작도 있지 않느냐? 그것 때문에 관심을 보이는 거라고는 난 생각하지 않는다."

"외숙은 보지 못하셔서 그래요."

"무엇을 말이냐?"

"칼리스타 백작이 마법을 사용하는 모습을요. 황금빛 광채가 그의 몸을 감싸고 그의 눈이 금안으로 변하는 그 순간이 얼마나 경이로운지 아세요?"

그때를 회상하듯 레베카의 눈은 반쯤 감겨 있었다.

"커쉬너가 그랬어요. 지금껏 어떤 마법사도 그런 모습을 보인 적이 없다고. 게다가 그는 훌륭한 치료 마법사이기까지 하잖아요?"

리안을 떠올리며 미소 짓는 레베카의 모습은 타운젠드 공작이 늘 보아왔던 그 미소였다.

하지만 이전에는 없던 호감이라는 것이 보였다. 그것이 공작을 불쾌하게 만들었다.

"외숙도 그 장면을 보셨어야 하는데……. 아무런 조건 없이 치료 마법을 행하는 칼리스타 백작을 보면 참 따뜻한 사람 같다는 생각이 들어요."

호감이 아니다. 그것은 호감을 넘어선 한 남자에게 갖는 '관심'이었다.

제4화

퍼지는 소문

저벅저벅.

이른 아침이었다. 날렵한 체구의 사내가 긴 복도를 지나 어디론가 바삐 걸음을 옮겼다.

"오셨습니까."

경비를 서던 근위 병사가 사내를 발견하곤 절도 있게 예를 갖췄다. 살짝 고개를 끄덕이는 것으로 인사를 대신하며 사내가 그를 지나쳤다.

병사들의 간격은 사내의 걸음이 빨라질수록 더욱 촘촘해졌다. 그리고 사내가 목적지에 다다랐을 땐 지금까지와는 다른 복장을 한 사내들이 커다란 입구를 지키고 서 있었다.

한눈에 보아도 일반 병사와는 다른 기도를 품고 있는 그들은 황제를 가장 가까이에서 호위하는 근위기사단이었다.

"단장님, 이 시간에 어쩐 일이십니까?"

"폐하께서는 기침하셨나?"

"방금 전에 일어나셨습니다."

"긴히 드릴 말씀이 있으니 문을 열어라."

여느 때처럼 말끔한 제복 차림에 한 치의 흐트러짐도 없는 모습이지만 목소리에서 떨림이 느껴졌다. 언제나 차분하고 매섭던 눈빛도 웬일인지 심하게 흔들리고 있었다.

"들어가십시오."

중대한 일이 터졌음을 직감하며 단원들이 급히 문을 열었다. 그곳을 단장 크리스가 서둘러서 들어갔다.

"폐하, 윈체스터 백작님 드셨습니다."

"이렇게 일찍?"

이제 막 일어난 라테스는 아직 씻지도 못한 상태였다. 크리스의 이른 방문에 라테스는 마시던 물을 내려놓았다.

"폐하!"

시종장의 말이 끝나기가 무섭게 크리스가 안으로 들이닥쳤다.

"크리스?"

그런 그의 표정이 평소와 너무 달라 라테스는 고개를 갸웃했다.

"폐하, 기뻐하십시오! 돌아왔습니다!"

크리스가 부복하며 소리 높여 외쳤다.

"돌아오다니, 갑자기 무슨 소리야? 누가 왔는데?"

"폐하께서 가장 의지하셨던…… 저의 강력한 라이벌이었던…… 그 녀석이 살아 돌아왔습니다."

"내가 가장 의지했던……?"

기억을 더듬기라도 하듯 라테스가 미간을 찡그렸다. 그런 그의 머릿속으로 이름 하나가 스치고 지나갔다.

"설마……."

반가움에 벌떡 일어서려던 라테스가 고개를 저으며 다시 의자에 몸을 묻었다.

그럴 리가 없었다. 직접 눈으로 확인까지 하지 않았던가. 싸늘한 주검이 되어 돌아온 소중한 이의 모습이 다시금 라테스의 눈앞에 어른거렸다.

세상 그 무엇보다 바라는 일이지만 그것은 불가능하다. 씁쓸한 표정이 라테스의 얼굴을 채웠다.

그때 믿을 수 없는 말이 크리스에게서 흘러나왔다.

"라키아입니다, 폐하. 라키아가 살아서 돌아왔습니다!"

격앙된 음성으로 소리치는 크리스의 눈에는 어느새 눈물이 맺혀 있었다. 5년 전 라키아를 잃었을 때도 크리스는 지금과 같은 눈물을 보였었다.

"크리스……."

거짓말 같은 소식에 라테스의 몸이 벼락이라도 맞은 사람처럼 부르르 떨렸다.

"노, 농담이지?"

라테스의 물음에 크리스가 눈물을 닦으며 되물었다.

"폐하께선 제가 언제 농담하는 걸 보신 적 있으십니까?"

"아니……."

라테스는 멍하니 대답하며 고개를 저었다. 맞다. 크리스가 농담 따위를 할 성격이 아니라는 건 그가 더 잘 알았다. 더욱이 라키아가 살아 돌아왔다는 그런 지독한 농담을 그가 할 리가 없다.

그럼 정말로 라키아가 돌아왔다는 말인가!

"폐하, 믿겨지십니까? 녀석이…… 그 녀석이 살아 있었습니다!"

충격으로 말을 잇지 못하는 황제를 올려다보며 크리스가 소리쳤다.

뭔가가 부서지는 듯한 소리가 쨍하고 울렸다. 라테스가 크리스의 어깨를 부여잡으며 속삭이듯 물었다.

"크리스, 정말이야? 라키아가…… 라키아가 정말로 살아 돌아왔어?"

"네, 폐하! 조금 전 소식을 듣자마자 폐하께 알려드리기 위해 달려오는 길입니다."

주르륵.

자신의 눈에도 눈물이 고여 있었던가. 기쁨에 겨운 크리스의 확답을 듣는 순간, 라테스의 볼에서 두 개의 물줄기가 흘러내렸다.

라키아가 살아 있다. 지금껏 죽은 줄로만 알았던 라키아가 살아 돌아왔다.

살아 있었다. 그가 살아 있었어!

꿈이라면 영원히 깨지 않았으면 좋겠다. 단 한 번이라도 좋으니 꼭 만나고 싶다.

그에게 가장 소중했던 벗이자 형이었던 사람.

"라키아!"

라테스가 그 이름을 부르짖으며 참았던 눈물을 터뜨렸다.

"폐, 폐하!"

옆방에 있던 레지나가 그 소리를 듣고 놀라서 뛰쳐나왔다.

딱 한 번. 딱 한 번 황제는 라키아를 말하며 레지나의 앞에서 눈물을 보인 적이 있었다.

힘이 없어 그를 지켜주지 못했노라고. 황제이면서도 아끼는 신하 하나를 살려내지 못했다고. 슬픔과 죄책감이 얼룩진 얼굴로 레지나를 붙잡고 고백했었다.

다시금 그때의 기억이 떠오르신 걸까?

안타까운 건 사실이나 이미 지나간 일이었다. 앉은 채로 바닥을 향해 허리를 굽히고 있는 라테스의 어깨를 짚으며 레지나가 다정한 말투로 위로했다.

"폐하, 진정하세요. 라키아 경도 폐하께서 이렇게 슬퍼하시는 모습은 보고 싶지 않으실 거예요."

"황후……."

"네, 폐하."

라테스가 숙이고 있던 머리를 서서히 들어 올렸다.

그런 그의 표정이 어쩐지 이상해서 레지나가 눈을 깜박였다. 얼굴 전체가 눈물로 범벅이 되어 있지만 남편의 눈에서 보이는 건 슬픔이 아닌 환희였다.

"살아 있소."

"……폐하?"

"라키아가…… 라키아가 죽지 않고 살아 있다고 하오!"

"그가 어떻게……?"

레지나가 놀란 표정을 지을 때 문이 열리며 럼블리 백작이 급히 들어섰다.

"폐하!"

그의 얼굴 또한 라테스처럼 기쁨과 환희로 가득 차 있었다.

"들으셨습니까? 라키아가 살아 있답니다! 폐하, 녀석이 죽지 않고 살아 있었습니다!"

럼블리 백작의 커다란 눈동자는 이미 붉게 충혈되어 있었다. 애써 참고 있지만 그의 눈에는 물기가 가득했다.

"이반, 난 믿을 수가 없어! 라키아가 살아 있다니 정말 꿈만 같아!"

"칼리스타 백작님은 복 덩어리인 게 틀림없습니다! 정말이지 대단하다는 말밖에는 나오지가 않습니다."

"칼리스타 백작?"

황제는 물론 레지나가 의아한 눈길로 백작을 바라봤다.

"아직 못 들으셨습니까?"

"무슨 소리야?"

"제 오라비가 또 뭔가를 하였나요?"

"황후 마마께서도 역시 모르셨군요. 아무튼 칼리스타 백작님, 정말 알아줘야겠습니다."

동생에게조차 비밀을 지켜온 리안의 신중함에 럼블리 백작은 혀를 내둘렀다.

"이반, 어서 말해 봐. 무슨 말이야?"

"폐하, 라키아를 살린 게 바로 칼리스타 백작님입니다. 백작께서 부상을 입고 쓰러져 있던 라키아를 발견하고 성으로 데려가 치료를 하였다고 합니다."

"오빠가 그를 치료했다고요?"

럼블리 백작의 설명에 레지나는 황제보다 더 놀랐다. 라키아가 부상을 당했을 때라면 지금으로부터 5년 전이다. 그때는 그녀도 성에 있었다.

"말도 안 돼요. 저는 전혀 모르는 사실이에요."

"황후 마마, 라키라는 자를 아시나요?"

"라키라면 오빠의 호위……."

라키아. 라키.

'헉!'

이제 생각해 보니 이름이 비슷해도 너무 비슷하다. 레지나의 눈이 두 배로 커졌다.

"설마……."

"네, 그가 바로 라키아입니다."

2년 전 황도의 저택에서 백작도 라키아를 만났었다. 리안의 호위기사라면서 유독 황제에게 관심을 보였던 사내.

이제까지 감쪽같이 속았다. 분위기가 비슷했지만 생김새가 달라 아니라고 여겼거늘.

'엇? 잠깐.'

럼블리 백작은 고개를 갸우뚱했다. 그때 분명 그는 라키아의 얼굴에서 아무것도 느끼지 못했다. 칼리스타 백작이 변용 마법을 걸어 놓았다면 그가 모를 수가 없지 않은가?

'어떻게……?'

백작이 혼란 속에 빠져들 때 크리스가 말을 이었다.

"폐하께서도 아실 겁니다. 드래곤 기사단이라고. 라키아가 그동안 거기 단장으로 있었던 모양입니다."

"얼굴이 알려져서 힘들었을 텐데……. 아! 처남의 마법!"

"네, 폐하. 거기다 듣자하니 좋은 핑계거리도 만들었더군요."

"핑계라니?"

"네, 누명이긴 했어도 라키아는 역모를 저지른 죄인이었습니다. 그런 라키아를 살려주었다가는 칼리스타 백작에게도 이로울 게 없지요. 공식적으로 라키아는 그간 기억상실증에 걸린 것으로 해야 할 것 같습니다."

"좋은 생각이긴 한데 그건 나중 문제야. 라키아는 지금 어디에 있지? 처남의 영지에 있는 건가?"

살아 있다는 소식에 놀라 다른 생각을 하지 못했다. 살아 있었으면서 이제껏 연락조차 하지 않은 그가 야속했고, 다른 이들을 통해 소식을 들어야 하는 지금의 상황이 답답했다.

"아마 지금쯤이면 마리오네시를 출발해서 황도로 올라오고 있을 겁니다."

"마리오네시면 타운젠드 공작에게 갔단 말이야?"

"네, 칼리스타 백작과 함께 공작의 생일 파티에 참석했던 모양입니다. 그래서 생존 소식이 알려지게 된 것이고요."

"나를 보러 오지 않고 어째서……?"

기쁨에 비할 바는 못 되지만 서운함이 드는 건 어쩔 수가 없었다.

"폐하, 라키아는 분명 폐하부터 만나 뵙고 싶었을 겁니다. 제 생각이지만, 아마도 녀석이 그곳부터 간 이유는 공작들이 궁금해서가 아닐까요?"

"……?"

"자신을 보며 놀라는 공작들의 모습 말입니다. 죽은 줄 알았던 라키아가 살아 돌아왔으니 얼마나 놀랐겠습니까? 그걸 놓칠 녀석이 아닙니다."

"맞아. 라키아라면 가능해."

크리스의 자세한 설명에 라테스는 저도 모르게 고개를 끄덕였다. 가문이 몰락하고 가족 모두를 잃었다. 살아 돌아왔다는 사실에만 치중해 라키아의 마음이 어떨지는 전혀 생각을 하지 못했다.

그동안 얼마나 속이 문드러졌을까.

그 성격에 5년이나 조용히 버틴 것이 용하다. 포기하지 않고 누명을 벗겨내기 위해 힘을 쓴 것이 정말로 잘했다는 생각이 들었다.

"폐하."

손을 통해 레지나의 부드러운 온기가 전해졌다. 라테스의 두 손을 감싸 쥐는 레지나의 눈에는 눈물이 그렁그렁 맺혀 있었다.

"축하드려요."

"고맙소, 황후."

"라키가 폐하께서 그토록 보고 싶어 하셨던 분인 줄 미처 몰랐어요. 미리 알았더라면 폐하께 말씀드렸을 텐데…… 정말 죄송해요."

"그것이 어찌 황후의 잘못일 수 있겠소? 누명이 벗겨지고 돌아온 것이 라키아에게는 더 나은 일일지도 모르오. 그가 살아 있다는 걸 알았다면 공작들이 가만히 있지 않았을 테니."

"그래도 폐하만이라도 알고 계셨으면……."

"황궁에는 눈과 귀가 아주 많소. 칼리스타 백작의 선택이 옳았다고 생각하오."

5년은 결코 짧지 않은 시간이었다. 그 시간이 아깝기는 하지만 결과적으로 모든 것이 무사히 제자리를 찾았다.

칼리스타 백작은 영리한 자다. 그러면 분명 자신이 라키아의 누명을 벗겨내기 위해 애를 쓰고 있다는 것을 알고 있었을 것이다. 그리고 그 죄가 벗겨졌을 때 라키아의 존재를 드러내려고 계획까지 했을 터.

만약 그가 적이었다면 어땠을까?

라테스는 고개를 저었다. 지금 상황에서 그건 상상도 하기 싫었다. 두 공작보다 훨씬 더 무서운 적이 되었으면 되었지, 그 밑은 아닐 것이다.

공작들이 자신의 사람이 된다고 해도 라테스는 리안과 적이 되고 싶지 않았다. 그것이 그의 솔직한 심정이었다.

*　　　　*　　　　*

라키아에 대한 소식은 빠르게 제국 전역으로 번져갔다. 죽은 줄로만 알았던 그가 살아 돌아왔다는 것에 제국민들은 열광했다.

비운의 천재 검사로 이제 막 불리어지기 시작할 때 찾아온 낭보였다.

어린 시절 발휘했던 라키아의 천재성에 관한 얘기가 다시금 사람들의 입에 오르내렸다.

당연히 살아 있을 줄 알았다는 자부터 라키아는 죽지 않는 불사신인 게 틀림없다는 자들까지, 라키아를 주인공으로 수많은 이야기가 생성되고 제국으로 뻗어나갔다(리안도 간간이 조연으로 등장했다).

라키아가 돌아옴으로써 로드리게즈 백작가 또한 다시 회생했다. 그동안 백작가가 제국에 바친 충성과 쌓아온 업적이 알려지며 가문의 인기도 한껏 치솟았다.

맥카시 공작의 생각은 적중했다.

숱한 위기에도 굴하지 않고 당당히 살아온 라키아를 제국민들은 열렬한 환호로 맞이했다.

벌써부터 라키아를 향한 움직임들이 보이기도 했다. 무예가 숭상시되는 시대인 만큼 제국엔 검을 수련하는 자들이 많다. 그런 자들의 가장 최고봉에 선 이가 바로 라키아였다.

로드리게즈 백작가가 예전의 세력을 되찾는 것은 이제 시간 문제였다.

"바다향기에 오신 것을 환영합니다."

단정한 옷차림에 인상 좋게 생긴 청년이었다. 그가 문으로 들어서는 리안 일행을 향해 정중하게 인사하며 곧장 이층으로 그들을 안내했다.

"오호, 여기도 상당히 큰데?"

라키아가 계단을 오르며 낮게 휘파람을 불었다. 말은 없었지만 가볍게 고개를 끄덕이는 것으로 보아 차이도 비슷한 생각을 하는 듯했다.

리안은 흐뭇한 시선으로 실내를 돌아보았다.

많은 손님들이 보였다. 식사에 열중하는 사람, 수다에 정신이 없는 사람, 일행을 궁금하게 쳐다보는 사람 등 각양각색의 사람들이 자리를 채우고 있었다.

황도에 있는 바다향기가 총 오층으로 이루어진 반면 이곳은 사층이 마지막 층이었다.

일층은 황도처럼 평민들이 애용하는 곳이었고, 이층과 삼층은 귀족들, 그리고 사층은 마찬가지로 예약 손님만을 받는 곳이었다.

황도의 바다향기보다는 규모 면에서 작긴 했지만, 매출은 이곳도 만만치 않았다.

타운젠드 공작이 다스리는 마리오네시는 제국에서 손에 꼽히는 대도시였고, 하루에 오가는 이동 인구만도 엄청났다.

덕분에 칼리스타 뱅크와 바다향기를 이용하는 고객의 수는 점점 늘어가고 있으니 리안으로서는 기쁘기 그지없다.

"메뉴판을 보시고 천천히 주문해 주십시오."

청년이 일행을 데려간 곳은 운이 좋게도 커다란 창문이 위치한 곳이었다. 저녁이라서 해가 들어오지는 않지만 시내의 전경이 한눈에 내려다보이는 곳이었다. 대도시답게 화려한 불꽃들이 여기저기에서 비췄다.

"특선 코스 네 개로 주세요."

"한 분이 더 오실 예정입니까?"

"네, 칼리스타 뱅크의 지점장이 오면 이곳으로 안내 부탁합니다."

"퍼셀 지점장님 말씀이군요. 알겠습니다. 그럼 요리는 어떻게 할까요? 먼저 드시겠습니까?"

"곧 오기로 했으니 그때 함께 갖다주세요."

"네, 그럼 좋은 시간 되십시오."

아랫배에 손을 얹고 허리를 굽히는 모습이 하루 이틀 교육받은 솜씨가 아니었다. 나무랄 데 없는 종업원의 태도에 리안은 흐뭇한 미소를 지었다.

"휴우, 이제야 벗어났군. 살 것 같다."

라키아가 테이블 위에 놓여 있던 시원한 물을 빠르게 목으로 넘겼다. 장장 열흘이 넘도록 공작들에게 붙들려 있던 통에 그의 인내심은 한계에 다다르려던 중이었다.

"그렇게 좋아?"

"그럼 넌 싫으냐?"

"나는 뭐 그냥 그런데."

"리안, 넌 마법사지만 난 검사야. 한자리에 가만히 있는 게 얼마나 힘든 건지 알아?"

자신을 향해 쏠리는 시선이 싫어 그동안 검을 한 번도 뽑아보지 못했다. 온몸이 근질거려서 라키아는 현재 미칠 지경이었다.

"폐하께서 기다리신다고 빨리 가라고 할 때는 언제고 붙잡고 늘어지냐 말이야. 아무튼 그 늙은이들은 볼 때마다 별로라니까."

특히 맥카시 공작. 자신의 가문을 무너뜨린 원흉.

그를 떠올리는 라키아의 눈 꼬리가 매섭게 치켜 올라갔다.

"차이는 어땠어? 고생스러웠지?"

"아닙니다. 옛날 생각도 나고 나름 재밌었습니다."

"맥카시 공작의 아들 때문에 기분이 상하지는 않았어?"

"상할 게 뭐가 있냐. 얼굴 보니깐 오히려 그쪽이 기절할 것 같더구먼."

라키아의 말에 차이가 피식 웃었다. 하얗게 질린 채 자신을 쳐다보던 모레츠의 얼굴이 생각났다. 콧대 높던 자존심이 뭉개졌으니 아마도 회복하는 데 상당한 시간이 필요하리라.

"그보다 공작들이 후작님에게 존대를 하던데 대체 몇 살이십니까?"

라키아가 수상한 눈빛으로 차이를 훑어보며 물었다. 분명 저 얼굴도 마법으로 변용을 한 것이라고 그는 굳게 믿는 중이었다.

"글쎄."

"설마 자기 나이도 모르시는 건 아니겠지요?"

"모르는 건 아니다. 다만 잊고 살 뿐이지."

"엑?"

차이의 이해할 수 없는 대답에 라키아가 이마를 찌푸렸다.

"너도 항상 네 나이를 생각하며 살지는 않지 않나?"

"그렇긴 합니다만, 누군가 물어봤을 때 기억을 더듬어야 할 정도로 잊고 살지는 않습니다."

"나도 기억을 더듬을 정도로 잊고 있지는 않다."

"그럼 말씀해 보십시오. 몇 살이십니까?"

"내 나이가 중요한 것도 아닌데 왜 그렇게 알고 싶어 하지?"

"그야 궁금하니까요."

"훗, 그럼 한번 맞춰 보든가."

차이가 연이어 웃음을 보이는 건 흔치 않은 모습이었다. 그 것을 아는지 모르는지 라키아가 전의를 불태우며 스무고개 하듯 숫자를 읊었다.

차이의 나이가 리안 역시 궁금했지만, 리안은 대화에 끼지 않고 조용히 입을 닫았다. 지금처럼 아무렇지도 않게 편하게 얘기하는 둘의 모습을 본 적이 없었기 때문이다. 가까워질 수 있는 둘의 시간을 리안은 뺏고 싶지 않았다.

둘에게서 시선을 떼고 리안은 그제야 이층 실내를 둘러보았다. 다들 타운젠드 공작의 생신 파티에 참석을 해선지 아래층에 비해 조금은 한산한 풍경이었다. 드문드문 자리를 차지하고 있는 손님들은 모두가 식사에 열중하고 있었다.

'어?'

그때 식사가 끝난 듯한 무리가 일어나는 것이 보였다. 일행은 총 네 명이었다. 리안의 시선을 끈 것은 그들의 피부색이었다.

다갈색이라고 해야 할까?

특이하게도 네 명 중 셋이 아사처럼 어두운 피부색을 가지고 있었다.

그렇다고 그들이 묘인족이라는 소리는 아니었다. 먼 남쪽 대륙의 사람들이 그런 피부색을 가지고 있다는 얘기는 리안도 들어서 알고 있었다.

넷은 모두가 여행복 차림이었다. 개중 가장 어려 보이는 둘은 머리 스타일이 확연히 달랐지만 쌍둥이임을 알 수 있었다.

'아사는 무사히 오고 있을까?'

그들을 보고 있으니 문득 아사 생각이 났다. 녀석은 리안이 공작의 본성에서 시간을 보내는 동안 엘과 함께 황도로 올라오는 중이었다. 류지와 미하에게 인간 세상을 경험하게 해줄겸 리안이 황도에 도착하는 시간에 맞춰 당도하기로 했다.

자신이 알아서 직접 저택으로 찾아갈 테니 걱정하지 말라고 호언장담을 하던 녀석의 모습이 눈에 선하다.

염려하는 리안에게 미하는 말했었다. 아사가 인간 세상에 있는 한 그의 형이 손을 쓰지는 않을 거라고. 그것은 묘인족만의 원칙이라고 했다. 리안은 그 말에 안심하고 녀석을 류지와 미하에게 맡겼다.

'에나벨을 귀찮게 하면 안 될 텐데.'

별로 오래되지도 않았는데 칭얼거리는 아사의 모습이 리안은 벌써부터 그리웠다. 그동안 정이 참 많이도 쌓였나 보다.

'응?'

식사를 끝낸 일행은 전부 아래층으로 내려가기 위해 계단으로 향하고 있었다. 그런데 그들 중 한 명이 어쩐 일인지 반대 방향으로 걷고 있었다.

열여덟, 열아홉쯤 되었을까?

리안처럼 하얀 피부에 검은머리를 가진 소년이었다. 마른 듯 날씬한 체형에 단아한 용모의 소년은 한눈에 봐도 귀족이라는 것을 알 수 있을 만큼 온몸에서 귀티가 흘렀다.

무엇보다 가장 인상적인 것은 와인빛을 한 소년의 자주색 눈동자였다. 차이의 감추어진 눈동자와 매우 흡사한 그 눈동자는 멀리서도 한눈에 들어올 만큼 무척 독특하고 매력적이었다.

고운 얼굴에 비해 딱딱한 표정을 짓고 있는 것이 소년의 성격을 어느 정도 짐작하게 해주었다.

'뭘 하려고?'

소년이 걸음을 멈춘 곳은 실내의 한쪽에 마련된 작은 화단이 있는 곳이었다. 그곳에 도착하자마자 소년이 고개를 이리

저리 돌리며 주위를 살폈다. 마치 누가 자신을 보고 있나 망이라도 보는 듯했다.

다행히 소년은 리안을 발견하지 못했다. 잠시 망설이는 듯했지만 소년의 손이 화단의 흙을 짚는 것이 보였다.

이해할 수 없는 소년의 행동에 리안이 미간을 모을 때 놀라운 장면이 펼쳐졌다.

쏴아아—

축 늘어져 있던 가지가 일어나며 한순간 시들었던 꽃이 활짝 피었다. 아침 이슬에 젖은 것처럼 화단의 꽃들이 순식간에 싱그럽게 변한 것이다.

마법은 아니었다. 소년의 주변에는 어떤 마나의 움직임도 느껴지지 않았다.

다홍색 꽃잎을 조심스럽게 쓰다듬는 소년의 얼굴은 이전과는 완전히 달랐다. 뻣뻣함은 사라지고 다정하고 온화한 미소가 대신하고 있었다.

소년이 화단의 꽃들을 하나하나 어루만지자 꽃들이 마치 살아 있는 것처럼 소년의 손을 향해 일렬로 움직였다.

'설마…… 클로네?'

그 순간 리안은 깨달았다. 소년은 인간이 아니라 이종족이었다.

아직 대륙에는 세상에 알려지지 않은 미지의 종족들이 많이 있다고 한다. 인간인 리안이 소년을 알아볼 수 있었던 건 세이프리드의 지식 덕분이었다.

인간처럼 말을 하고 인간의 형태를 하고 있지만 그 자체가 식물이라는 특별한 종족.

소년을 바라보는 리안의 눈이 함지박처럼 커졌다.

"세이, 뭐하는 거야. 그만 가자."

쌍둥이 중 한 명이 계단을 내려가다 말고 다시 올라와 소년을 불렀다.

"네, 사림. 가겠습니다."

아쉬운 듯 화단에서 손길을 거두며 세이란 소년이 급히 계단으로 향했다.

하지만 리안은 소년이 사라지고 나서도 한참을 그곳에서 눈을 떼지 못했다.

"영주님!"

그렇게 얼마나 지났을까.

계단으로 반가운 얼굴이 보였다.

"퍼셀!"

활기찬 음성과 함께 다가온 이는 마리오네시 칼리스타 뱅크 지점장으로 부임한 퍼셀이었다.

"그간 안녕하셨습니까?"

퍼셀이 고개를 숙이며 정중히 인사했다. 자리가 사람을 만든다고 하더니, 건강해 보이기는 하나 퍼셀의 용모는 본래의 나이보다 두세 살은 더 많아 보였다.

아무래도 지점장으로서 직원들을 부리려면 어린 나이는 걸림돌이 될 수 있다. 그래선지 머리 스타일하며 옷차림새가 나이 들어 보이기 위해 애쓴 티가 역력했다.

"나야 물론 잘 있지. 어서 앉아."

 뱅크를 처음 차렸을 때만 해도 자주 오갔지만 근래에는 아카데미 일이 바빠 오지 못했었다. 건강해 보이는 퍼셀의 모습에 리안이 반가워하며 얼른 자리를 권했다.

"라키아 님을 실제로 뵙게 되어 영광입니다."

 퍼셀은 앉기 전 라키아에게도 인사를 잊지 않았다. 마법으로 변용을 풀었지만 그는 한눈에 라키아를 알아보았다.

"소식 한번 빠르군."

"아무래도 뱅크에서 일하다보니까요. 영주님, 이쪽 분은 누구신지……."

 퍼셀이 차이를 두 손으로 가리키며 리안에게 소개를 부탁했다.

"참, 잊을 뻔했네. 여긴 차이야. 내 호위기사. 차이, 이쪽은 퍼셀이라고 마리오네시 칼리스타 뱅크의 지점장으로 있어."

"반갑습니다. 퍼셀이라고 합니다."

 끄덕.

 명랑한 퍼셀의 음성과 달리 차이는 살짝 고개를 까닥이는 것으로 인사를 대신했다.

 퍼셀은 어깨를 으쓱이며 의자에 앉았다. 뱅크 일을 하며 많은 사람들을 만나다 보니 자연스레 터득한 것이 있다. 나쁜 사람은 아니지만 말이 별로 없고 차가운 성품을 지녔음을 퍼셀은 차이를 보자마자 알아차렸다.

"식사 준비해드리겠습니다."

대기하고 있던 종업원이 기다렸다는 듯 음식을 내왔다. 상큼한 향과 함께 전채 요리가 먼저 테이블 위에 올랐다.

"그런데 영주님, 어째서 뱅크로 오시지 않고 이곳으로 부르신 겁니까?"

퍼셀이 익숙하게 요리를 한입 입으로 가져가며 리안에게 물었다. 한 번도 이런 적이 없기에 그는 무슨 특별한 이유라도 있나 생각하는 참이었다.

"뱅크에서는 말씀하시지 못할 일이라도 생긴 건가요?"

"일은 무슨 일. 같이 식사나 하자고 부른 거야."

"네?"

"바다향기에 함께 와본 적이 없잖아. 바쁘다는 핑계로 내가 너무 일만 부려먹은 것 같아서 미안하더라고."

"아닙니다. 무슨 그런 말씀을……. 저는 단 한 번도 그렇게 생각해 본 적 없습니다."

리안의 미안하다는 말에 퍼셀이 펄쩍 뛰었다.

자신이 영주에게 받은 것이 얼마인가?

글과 회계 업무를 배운 덕분에 지금의 자리에 오를 수 있었고, 억울하게 죽어가던 아버지까지 살려주셨다. 가족과 떨어져 사는 것이 가끔은 외로울 때도 있지만, 퍼셀은 지금의 생활에 충분히 만족하고 있었다.

"아니기는 뭐가 아니야. 여기에다 처박아놓고 일만 시킨 거 맞지, 뭐."

"정말 아닙니다, 라키아 님. 전 뱅크 일이 무척 재밌습니다."

"가족들 안 보고 싶어? 아버지, 어머니, 그리고 동생이 둘이나 있었지, 아마? 지금쯤 많이 컸겠군."

"물론 보고 싶긴 합니다. 하지만 지금은 일이 바쁘기도 하고……."

"그것 봐. 못 본 지 얼마나 된 거야?"

"한 일 년 정도……."

"어이쿠, 일 년씩이나 가족을 못 봤다고? 리안, 이거 너무하는 거 아니야?"

라키아의 과장된 말투에 퍼셀이 죄송하다는 눈초리로 리안을 보며 얼른 말했다.

"영주님, 그래도 전 괜찮습니다. 앞으로 몇 년은 더 버틸 수 있습니다."

퍼셀의 변명과도 같은 말에 리안은 오히려 더 미안해졌다. 예전에는 곧잘 워프 게이트를 이용해 집으로 데려다주고는 했는데, 바쁜 업무 탓에 한동안 미처 생각을 못했다.

퍼셀은 물론이고 바우시에 부임한 클로드에게도 그동안 너무 무심했던 건 아닐까?

둘이 아니었다면 지금의 칼리스타 뱅크도 있을 수 없었다. 앞으로 좀 더 신경 써야겠다고 마음먹으며 리안이 말했다.

"일 년이나 되었다니 내가 할 말이 없네. 퍼셀, 정말 미안해. 당장 며칠 내로 휴가 쓰도록 해. 집으로 데려다줄게."

"아닙니다, 영주님. 전 정말로 괜찮습니다. 일부러 그러실 필요까지는 없어요."

"내가 데려다주는 건 이번이 마지막이야. 다음부터는 부담 없이 혼자서 다녀갈 수 있도록 만들어줄게. 그러니 마지막 휴가라고 생각하고 다녀와."

"혼자서 다녀갈 수 있도록 만들다니?"

퍼셀이 당황스러워 말을 잇지 못할 때, 라키아가 눈을 동그랗게 뜨며 끼어들었다.

워프 게이트는 마법사인 리안만이 발동할 수 있었다. 리안이 아니면 워프 게이트는 무용지물이나 마찬가지인 것이다.

설마 워프 게이트가 자동으로 발동되는 마법이라도 발명했다는 것인가?

"리안, 너 또 무슨 일을 꾸미는 거야?"

라키아가 리안을 향해 실눈을 뜨며 의심의 표정을 지었다.

리안은 씩 웃으며 어깨를 으쓱였다.

"아직 방법을 연구 중이야. 생각해 놓은 건 있는데 필요한 사람이 좀 많아서 말이야."

"알기 쉽게 좀 말해주지?"

"나중에. 지금은 이거나 얼른 먹자. 나 배고파."

"감사합니다, 영주님. 이 은혜는 평생 잊지 않겠습니다!"

그때 별안간 퍼셀이 고개를 숙이며 리안에게 감사 인사를 했다. 세세한 것까지 신경 써주는 리안의 태도는 언제나 그를 감격스럽게 만든다.

"나야말로 항상 열심히 일해줘서 고마워. 앞으로도 잘 부탁해, 퍼셀."

"더 열심히 하겠습니다!"

의지를 불태우는 퍼셀의 대답을 끝으로 본격적인 식사가 시작되었다. 요리는 황도의 바다향기에 뒤지지 않을 만큼 아주 훌륭했다.

리안이 마리오네시에 지어 놓은 워프 게이트는 칼리스타 뱅크와 그리 멀지 않은 곳이었다. 사람들의 눈을 피하기 위해 저택 하나를 구입해 아예 그곳 창고에다가 몰래 지어 놓았다.

퍼셀은 숙소로 돌아갔고, 리안 일행만 마차를 타고 저택으로 향했다.

하지만 다른 날과 달리 마차는 저택을 지나쳐 한참을 더 달린 후에 웬 여관 앞에서 멈춰 섰다. 숙박료가 꽤 비쌀 것 같은 으리으리한 규모의 여관이었다.

"제일 크고 넓은 방으로 부탁합니다."

리안이 금화를 내밀자 주인의 얼굴이 달덩이처럼 환해졌다. 그가 직접 안내한 곳은 맨 꼭대기 층에 위치한 방으로 다른 방과는 많이 동떨어져 있었다.

"식사는 어떻게……."

"먹고 왔습니다."

"아, 네. 그럼 편히 쉬십시오. 필요한 것이 있으시면 저쪽의 줄을 당겨주시면 됩니다."

"여기서 서너 시간쯤 버티다 나가면 되나?"

주인이 나가자 라키아가 겉옷을 벗으며 소파에 털썩 주저앉았다. 그의 얼굴에는 귀찮은 기색이 역력했다.

그도 그럴 것이 워프 게이트를 통해 바로 황도로 가면 되는 그들이 난데없이 여관을 찾은 것은 미행을 따돌리기 위해서였다.

성에서의 감시만으로는 성에 차지 않았는지 공작들은 성을 나와서까지 일행에게 미행을 붙였다. 셋 모두 지닌 능력이 범상치 않다 보니 추격하는 무리들의 실력도 제법 신경 써서 고른 티가 났다.

물론 마음먹고 따돌린다면 그들이라도 어려울 건 없었다. 하지만 리안은 만일을 위해 안전한 방법을 택했다. 아직은 워프 게이트에 대해 알려져서는 안 되었다.

"응, 그 정도 버티다가 소홀해지는 틈을 타 빠져나간 뒤 워프 게이트로 이동하면 될 거야. 저녁도 먹었으니 좀 쉬어, 라키."

"안 그래도 한숨 잘까 한다. 갈 때 되면 깨워."

"알았어."

벗어놓은 겉옷을 손에 들고 라키아가 금세 방으로 사라졌다.

"차이도 눈 좀 붙여. 여긴 내가 맡을게."

"아닙니다. 리안 님이나 들어가서 좀 쉬십시오. 저는 나가 봐야 할 것 같습니다."

"나가? 어디를?"

리안은 깜짝 놀랐다. 밖에는 이미 공작들이 보낸 자들이 쫙 깔려 있다. 차이라면 충분히 들키지 않고 나갈 수 있을 거라고 믿지만, 갑자기 어디를 가려는 것인지 리안은 궁금했다.

"수하를 좀 만나야 할 것 같습니다."

"수하……?"

"네, 근처에서 저를 기다리고 있습니다."

아, 왜 생각하지 못했을까. 차이에게도 당연히 수하가 있을 것이다. 신분을 감추고 있지만 그는 명백히 후작이고 리안보다 몇 배는 많은 삶을 살아왔다.

모시는 자는 없을지 몰라도 차이를 섬기는 자는 적지 않을 것이다.

"놀라셨습니까?"

"응, 조금."

"죄송합니다. 미리 말씀드려야 했는데."

"아니야, 나도 진즉 생각했어야 했어. 얼른 다녀와. 기다리겠다."

"네, 그럼 잠시 다녀오겠습니다."

리안에게 예를 갖추고 문을 나서는 차이의 뒷모습은 어딘지 이전과는 느낌이 달랐다. 차이에게 과연 자신이 이런 대접을 받아도 되는 걸까?

리안은 판단하기가 어려웠다.

차이의 신형이 문을 나선 순간 그대로 사라졌다. 마법이 아니었다. 그저 보통 사람은 상상할 수 없는 속도로 움직이는 것일 뿐.

여관을 포위하고 있던 자들 또한 그런 차이의 움직임을 전혀 눈치 채지 못하고 리안과 라키아가 있는 여관만을 조용히 관찰했다.

"오셨습니까."

차이가 멈춰 선 곳은 인근의 으슥한 골목이었다. 한 사내가 절도 있게 부복하며 차이를 맞았다.

그는 매우 젊은 사내였다. 차이처럼 흑색의 무복을 입고 이마에 회색 두건을 두른 그는 키가 그리 크지는 않았으나 체격이 다부졌고 매우 선한 인상을 품고 있었다.

차이와 비슷한 점이라면 긴 앞머리가 한쪽 눈동자를 가리고 있다는 것이었다. 하지만 긴 건 앞머리 뿐, 붉은 기가 도는 사내의 갈색 머리칼은 목 뒤에서 단정하게 커트되어 있었다.

"라파스, 당분간 찾지 말라고 했을 텐데."

무뚝뚝한 음성만큼이나 차이의 눈빛은 차가웠다. 하지만 이미 익숙한 듯 라파스라 불린 사내는 조금도 주눅 들지 않고 고 개를 들어 차이를 쳐다봤다.

그의 눈동자는 신비하게도 연한 보랏빛이었다.

"저도 주인님의 시간을 방해하고 싶지는 않았습니다만, 잊 고 계신 듯하여 말씀드리러 왔습니다."

"그거라면 잊지 않았어."

"시간을 더 지체하다가는 큰일 나실 수도 있습니다."

"해마다 점점 짧아지고 있잖아. 아직은 몸 상태가 좋아."

"언제 들어가실 겁니까?"

"……조만간 가야지."

아쉬움이 묻어나는 차이의 대답에 라파스는 잠시 놀란 표정 을 지었다. 예전의 주인이 아니라는 것은 그도 이미 알고 있었 다.

하지만 눈앞에서 직접 봐서일까.

놀라운 건 어쩔 수 없었다.

'그러고 보니 눈빛도 많이 달라지셨군.'

남들에겐 여전히 차가워 보이겠지만 라파스는 느낄 수 있었 다. 이전에는 없던 부드러움이 눈에서 보였다.

'홋.'

라파스는 저도 모르게 피식 미소가 지어졌다. 주인의 변화 가 그를 기분 좋게 했다.

차이가 이마를 찌푸리며 그런 수하를 노려봤다. 다른 때라면 얼른 표정 관리에 들어갔겠지만 라파스는 당당히 물었다.

"즐거우십니까?"

"뭐야?"

"굳이 대답은 하지 않으셔도 됩니다. 얼굴에서 보이니까요."

"내 얼굴이 어떤데?"

"설마 몰라서 물으시는 건 아니겠지요?"

"넌 네 얼굴을 거울 없이도 볼 수 있는 모양이지?"

차이의 서늘한 말투에 라파스는 어깨를 으쓱였다.

"꼭 거울이 아니더라도 볼 수 있는 건 많지요. 물이라든가 투명한 유리, 금속 등등……."

차이의 눈에 떠오른 살기를 감지한 듯 라파스의 목소리가 잦아들었다. 하지만 잠시 후, 차이와 눈을 맞추며 라파스가 큰 소리로 말했다.

"행복해 보이십니다."

"……?"

"예전에는 정말 무료하고 심심해 보이셨거든요. 지금은 행복하고 즐거워 보이십니다. 그래서 기쁩니다."

라파스의 입가에는 다시금 미소가 돌아 있었다. 하지만 차이는 더 이상 그를 노려보지 않았다.

제5화

5년 만의
재회

　리안이 황도의 저택 창고에 모습을 드러낸 것은 늦은 밤이
었다. 문을 열고 나오자 까만 세상이 일행을 맞았다. 하인들도
모두 잠에 든 듯 저택의 불빛이 전부 꺼져 있었다.

　"지금 바로 갈 거야?"

　리안의 물음에 라키아는 고개를 끄덕였다. 시간이 늦긴 하
였지만 더 이상 지체할 수 없었다.

　이미 자신에 대한 소문이 퍼졌을 터. 폐하를 한시라도 빨리
뵈러 가야 했다.

　"저는 이곳에서 기다리겠습니다."

　차이가 한 걸음 물러서며 말했다. 리안도 그 생각에 동의했

다. 황제에게까지 차이의 존재를 숨기기란 힘들 것이다. 함께 가지 않으면 묻지도 않을 테고 리안도 말할 필요가 없으니 그 편이 나았다.

"늦을지 모르니까 먼저 쉬고 있어. 라키, 가자."

차이를 남겨둔 채 리안과 라키아는 곧장 마구간으로 향했다. 한밤중에 찾아온 리안을 보고 말들이 약간 놀라긴 했지만, 이내 주인을 알아보고 얌전히 등을 내줬다.

"그런데 라키, 아직도 그 통로가 있을까?"

달리는 말 위에서 리안이 걱정스레 물었다.

분명 황제를 만나는 것은 기쁜 일이다. 하지만 지금은 시기상 맞지 않는다.

리안과 라키아는 오늘 낮에만 하더라도 마리오네시에 머물렀다. 그런 그들이 오늘 밤 황궁에 나타난다면 공작들이 분명 이상하게 생각할 것이다.

그래서 택한 방법이 황제의 처소와 이어지는 비밀 통로를 이용하는 것이었다.

만일의 사태를 대비해 만들어 놓았다는 그 비밀 통로는 아는 사람이 단 네 명뿐이라고 했다. 황제 본인과 럼블리 백작, 그리고 근위기사단장인 크리스와 라키아였다.

"걱정 말고 조용히 따라와."

줄곧 황궁으로 향하던 라키아가 갑자기 고삐를 당기며 방향을 틀었다. 달빛에 비치는 라키아의 얼굴에는 자신감이 넘쳤다.

"여긴 막다른 길인데?"

말없이 한참을 달리자 길이 끊어졌다. 주변이 온통 풀과 나무로 무성한 곳이었다.

"내려, 여기서부터는 걸어가야 해."

"아."

리안은 고개를 끄덕이며 얼른 말에서 내려 라키아를 따라 말고삐를 나무 기둥에 묶었다.

"바닥이 울퉁불퉁하니 조심해서 들어와."

라키아의 경고대로 숲 안쪽은 심각하리만치 바닥이 고르지 못했다. 라이트 마법이 아니었더라면 아마 수십 번도 더 넘어졌을 것이다.

사람의 흔적이라곤 전혀 보이지 않는 그런 길을 얼마쯤 걸었을까. 갑자기 눈앞으로 예고도 없이 거대한 절벽이 드러났다.

고개를 한껏 젖히고 올려다보아도 끝이 보이지 않는 까마득한 높이의 절벽이었다. 황궁 근처에 이런 곳이 있었다는 게 리안은 황당하면서도 신기했다.

반면 라키아는 익숙한 듯(당연한 것이겠지만) 아까부터 뭔가에 열중이었다. 눈을 크게 뜨고 같은 자리를 계속 왔다 갔다 하는 폼이 무언가를 찾는 듯했다.

"도와줄까?"

"아니."

리안의 질문에 라키아가 보지도 않고 대답했다. 왠지 더 이상 말을 붙이면 안 될 것 같아 리안은 얌전히 자리를 지키고 서 있었다.

"찾았다!"

기다림은 오래지 않았다. 라키아가 반색하며 절벽의 한 귀퉁이를 두 손으로 꾹 눌렀다. 그런 다음 발밑에 놓여 있던 커다란 돌을 들어 2미터 정도 떨어진 곳에다가 옮겨 놓았다.

갑자기 진동이 느껴진 것은 그때였다.

"어?"

그그그극.

오래 전 세이프리드의 레어를 발견했을 때와 비슷한 느낌. 리안이 고개를 갸웃한 순간, 눈앞의 절벽이 아가리를 벌리듯 양쪽으로 갈라졌다.

"들어가자."

라키아가 씩 웃더니 앞장섰다. 리안도 얼떨떨한 얼굴로 재빨리 그 뒤를 따랐다.

동굴은 좁은 편도 아니었지만 그렇다고 넓은 편도 아니었다. 두 명 정도가 나란히 걸으면 꽉 찰 정도랄까. 그나마 천장은 제법 높아 장신의 라키아가 고개를 숙일 필요까지는 없었다.

"라이트."

리안이 라이트 마법을 시전하자 깜깜했던 동굴 안이 순식간에 밝아졌다. 뒤에서 절벽이 다시 닫히는 소리가 들려왔다.

길은 직선이었다가 휘어지기도 하고 간간이 계단도 보였다. 그간 오가는 사람이 없었음을 증명하기라도 하듯 사방에 하얀 거미줄이 쳐져 있었고 어디선가 물방울도 똑똑 떨어졌다.

"다 왔군."

지루함이 조금 넘어설 때쯤 라키아가 걸음을 멈추고 어딘가를 올려다봤다. 그 시선을 따라가 보니 언젠가 황제의 처소에서 보았던 그림이 리안의 눈을 사로잡았다.

붉은 갈기에 부리부리한 눈빛을 한 사자의 형상.

이제 저 층계만 올라가면 폐하를 뵐 수 있다.

그 사실에 라키아는 온몸이 떨렸다.

그 시각, 라테스는 밤잠을 이루지 못하고 창가에 선 채 멍하니 밖을 바라보고 있었다.

'라키아……'

살아 있다는 걸 안 탓일까. 그의 죽음을 접했을 때보다 오히려 더 잠이 오지 않는다.

'지금쯤 어디서 뭘 하고 있을까.'

서둘러 자신을 만나러 오지 않는 라키아가 서운한 한편, 이대로 보지 못하는 건 아닌가 하는 두려운 마음이 라테스의 가슴을 짓눌렀다.

끼이익.

'응?'

늦은 밤 적막을 깨는 소리에 라테스는 상념에서 벗어나며 황급히 뒤를 돌아보았다.

이곳은 황제인 그와 황후가 잠을 청하는 곳이다. 매우 개인적인 공간으로 아무나 함부로 들어올 수 없었다. 청소하는 시녀들의 수까지 제한된 곳이질 않은가.

라테스가 입실을 허락한 사람도 럼블리 백작과 크리스, 단 둘뿐이었다.

'무슨 일이지?'

이런 밤중에 자신을 찾는다면 매우 급한 일임이 분명했다. 점점 가까워지는 소리에 라테스가 눈매를 모으며 입구를 쳐다봤다.

이윽고 두 인영이 보였다. 실내가 어두워 실루엣만이 보였지만, 라테스는 그들이 럼블리 백작과 크리스가 아님을 대번에 알아봤다.

한쪽은 키가 매우 컸고, 다른 한쪽은 그보다는 작았다. 가는 몸매가 여인 같기도 했다.

'감히 나의 허락도 없이……'

눈앞의 상대도 상대지만 라테스는 여기까지 그들을 들여보낸 근위기사단에게 더 화가 났다.

라테스의 호통이 이어지려는 찰나, 믿을 수 없는 목소리가 실내를 울렸다.

"폐하, 신 이제야 폐하를 뵈러 왔습니다."

"……!"

라테스의 몸이 그대로 굳었다. 음성을 듣는 순간 알아차렸다. 5년이나 지났지만 아직도 기억에서 생생하다. 이 그리운 음성의 주인공은 다른 이가 될 수 없었다.

"라, 라키아?"

하지만 너무 놀라서일까. 라테스는 두근거리는 가슴을 부여잡으며 간신히 물었다.

제발 라키아가 맞게 해주세요, 신에게 빌고 또 빌면서 말이다.

"폐하……."

리안은 그런 황제와 라키아를 위해 조용히 시동어를 읊었다.

"라이트."

곧 환한 구가 실내를 밝히며 둘의 모습을 비췄다.

황제와 라키아는 잠시 말을 잊고 서로의 모습을 바라보았다. 언제나 무표정한 얼굴의 라키아지만 오늘만큼은 아니었다.

그의 입가가 경련으로 떨렸다. 황제의 초록색 눈동자에는 어느새 그렁그렁 눈물이 맺혀 있었다.

"정말로 살아 있었구나."

"……늦어서 죄송합니다."

라키아의 사과에 황제가 느릿느릿 고개를 저었다.

"아니, 그런 것 따위는 상관없어. 이렇게 살아 돌아왔다는 게 중요하지."

"누명을 쓴 상태라 어쩔 수가 없었습니다. 불충을 용서하십시오, 폐하."

"라키아는 여전히 변한 게 없네."

"……?"

"5년 만에 보는 건데 무뚝뚝한 말투가 그대로야. 반가워하는 건 나뿐인 것 같아서 서운하다고."

"아닙니다. 저도 폐하를 다시 뵐 수 있게 되어 정말로 기쁩니다."

"그런데 안아주지도 않는 거야?"

"네?"

"오랜만에 보는 건데 달려와서 안아줘야지. 내가 먼저 그래야겠어?"

말은 그렇게 하면서도 달려가 안긴 건 라키아가 아닌 황제였다. 황제가 라키아의 가슴에 얼굴을 묻으며 허리를 세게 끌어안았다.

"살이 조금 빠진 것 같아."

"아닙니다."

황제도 리안처럼 라키아를 보기 위해선 고개를 높이 들어야 했다. 그가 라키아의 얼굴을 한동안 세세히 뜯어보더니 두 팔을 뻗어 다시 라키아를 꽉 안았다.

"고마워. 살아 있어줘서."

"……."

"보고 싶었어…… 형."

"폐, 폐하!"

리안도 깜짝 놀랐고 라키아도 놀랐다.

"형이라니요. 당치도 않습니다."

고개를 저으며 부정하는 라키아의 품에 안긴 채 황제가 고백하듯 말했다.

"라키아가 죽던 날 정말 수만 가지 후회를 했어. 그런데 가장 후회되던 게 뭐였는지 알아?"

"……."

"한 번도, 단 한 번도 라키아에게 형이라는 소리를 못해 본 거야. 매번 말로는 친형 같다고 하고선 한 번도 그렇게 불러보지 못한 거 있지."

"저는 폐하의 신하이지 형이 아닙니다."

"지금 그 소리를 하는 게 아니잖아!"

황제가 언성을 높이며 라키아에게서 떨어졌다. 라키아가 죄송하다는 듯 고개를 숙이자 황제가 픽 웃으며 한숨을 내쉬었다.

"아무튼 정말 변한 게 없어. 옛날 그대로야."

"······죄송합니다."

"5년 만에 만나서 대체 사과를 몇 번이나 하는 거야?"

"죄송······ 합니다."

연이은 라키아의 사과에 황제와 리안이 동시에 웃음을 터뜨렸다. 아무리 황제의 앞이라지만 리안은 라키아의 이런 모습을 상상하지 못했다.

항상 윽박지르고 화만 내기 일쑤인 라키아가 한순간에 순한 양이 된 모습은 리안에겐 작은 충격이었다.

이걸 아사가 보면 과연 뭐라고 할까?

모르긴 몰라도 아마 한동안 배를 잡고 깔깔거릴 것이다. 그러다가 기회만 되면 놀려댈 것이고.

왠지 아사에게 보여주지 못한 것이 리안은 아깝다는 생각이 들었다.

"그동안 처남과 함께 지냈다는 얘기는 들었어. 어떻게 그렇게 된 거야?"

황제가 리안과 라키아를 소파로 데려가 앉히며 물었다. 둘은 간간이 눈빛을 교환하며 지난 일에 대해 제법 상세하게 털어놓았다.

"그래도 나에게는 언질이라도 좀 해주었으면 좋았을 것을······."

새삼 이야기를 듣고 있으니 라테스는 조금은 원망스럽기도 했다. 그동안 라키아가 홀로 감당했을 고통과 아픔을 생각하니 마음이 무거웠다.

"죄송합니다, 폐하. 라키아의 안전을 위해서는 그것이 최선이라고 여겼습니다."

"폐하, 리안이 아니었다면 지금의 저는 있을 수 없습니다. 그러니 너무 책망하지는 말아주십시오."

"책망하는 거 아니야. 그냥 아쉬워서 그래."

"무엇보다 폐하의 노고 덕분에 무사히 돌아올 수 있었습니다. 이 은혜를 어찌 갚아야 할지 모르겠습니다."

"은혜라니, 라키아와 나 사이에 그런 말이 어디 있어. 그리고 모든 게 나 때문에 벌어진 일이잖아."

"아닙니다. 신이 불민하였습니다. 이제 다시는 폐하의 곁을 떠나지 않겠습니다."

"그 약속 꼭 지켜야 해."

라키아의 결의 섞인 말투에 그제야 황제의 얼굴에 온화한 미소가 어렸다.

다시는 이 순간이 오지 않을 줄 알았다. 이렇게 보고 있으면서도 라키아가 돌아왔다는 것이 라테스는 실감이 나지 않았다.

"참, 리안에게 들었습니다. 폐하께서 공작들의 눈을 피해 가족들의 시신을 챙겨주셨다고……."

"아, 응."

"정말 감사드립니다. 늦었지만 지금이라도 빨리 부모님과 형제들에게 인사하고 싶습니다. 어디에 계십니까?"

가족을 떠올리는 라키아의 얼굴에는 다시금 수심이 가득 찼다. 하지만 어쩐 일인지 황제는 그런 라키아를 바라보며 씩 미소를 지었다.

"선물이 있어."

라키아는 물론 리안이 고개를 갸웃하며 황제를 쳐다봤다.

"지금쯤 오고 있을 거야. 라키아가 살아 있다는 것을 알자마자 연통을 넣었거든."

"폐하, 그게 무슨 말씀이십니까?"

"죽지 않았어."

"……?"

"물론 다는 아니고 한 명뿐이지만, 그래도 나 정말 애 많이 썼다고."

"폐하…… 설마……!"

"올해 열일곱 살이 되었다지?"

지금이 열일곱이면 5년 전에는 열두 살이었다는 소리다.

"비앙카!"

라키아가 자기도 모르게 두 주먹을 불끈 쥐며 여동생의 이름을 외쳤다. 그러자 황제가 고개를 끄덕이며 말을 이었다.

"응, 맞아. 많이 보고 싶지?"

"정말…… 정말로 비앙카가 살아 있다는 겁니까?"

가슴에 화살을 맞고 쓰러지던 동생의 모습이 머릿속을 스치고 지나갔다. 라키아는 황제의 말을 믿을 수가 없었다.

"분명히 화살에 맞았는데……."

"운이 좋았어. 심장을 살짝 비켜갔거든."

"……!"

"지금은 아주 건강해. 그러고 보니 나도 못 본 지가 꽤 되었네."

"비앙카가 살아 있었다니……. 폐하, 녀석은 어디에 있습니까?"

간신히 진정되었던 가슴이 다시 뛰기 시작했다. 이제는 혼자라고 생각했는데 동생이 살아 있다!

'아아, 비앙카!'

전율하며 몸을 떠는 라키아의 귀로 부드러운 황제의 음성이 전해졌다.

"여기로 오고 있으니까 조금만 기다려. 살아 돌아와준 고마움에 대한 나의 선물이야."

이렇듯 큰 선물이 기다리고 있는 줄 알았다면 좀 더 서둘렀을 것이다. 어린 동생의 얼굴을 떠올리며 라키아는 눈을 감았다. 좀처럼 떨림이 멈추질 않았다.

*　　　*　　　*

이른 새벽 리안은 자다 말고 눈을 떴다. 묵직한 무언가가 왼

팔에서 느껴졌기 때문이다. 굳이 누군지는 보지 않아도 알 수 있었다. 감촉과 향기만으로도 불청객의 정체를 알기에는 충분했다.

"아사."

리안은 낮은 한숨을 내쉬며 인상을 찌푸렸다. 그러자 마치 대답이라도 하듯 아사가 꼬무락거리며 리안의 가슴팍으로 파고들었다.

창을 통해 들어오는 달빛에 반사되어 아사의 금발머리가 반짝거렸다. 남자끼리는 한 침대에서 자는 게 아니라고 그렇게 말을 했는데도 녀석에게는 도통 소용이 없다.

"그래도 무사히 도착은 했군."

리안이 황도에 돌아온 지 닷새째가 되는 날이었다. 안 그래도 올 때가 되었다고 생각하고 있었는데, 잠든 사이에 도착한 모양이다.

자신을 보고 반가워하며 침대로 뛰어들었을 아사를 떠올리니 리안은 피식 입가에 미소가 지어졌다.

"오늘은 봐줄게."

곤히 잠든 아사의 머릿결을 쓰다듬으며 리안도 다시 눈을 감았다.

"좋은 아침입니다."

리안이 아사와 함께 식당을 찾았을 땐 반가운 인물들이 여럿 보였다.

길 안내를 맡았던 엘은 물론 라키아와 차이, 그리고 류지와 미하가 식사가 나오길 기다리고 있었다.

"흰머리, 말꼬랑지. 오랜만이야?"

아사의 활기찬 인사에 라키아가 실눈을 뜨며 노려봤고, 차이는 무덤덤한 얼굴로 리안을 향해 고개를 숙였다.

"에나벨, 미하, 류지. 여행은 즐거웠나요?"

"인간들의 문화를 체험할 수 있는 아주 좋은 시간이었습니다. 감사했습니다."

미하가 엘에게 고마운 눈빛을 보내며 대꾸했다. 그간 꽤 가까워진 듯 엘의 얼굴에도 친근한 미소가 어렸다.

"저는 매일 바쁘게만 보내다가 휴가라도 즐기는 듯한 기분이었습니다. 공작의 본성에 갔던 일은 어떻게 되었는지 궁금하네요."

"이미 소문이 파다하게 번지지 않았나요?"

리안과 아사가 자리에 앉자 마그가 기다렸다는 듯 음식들을 내왔다. 곧 진수성찬이 차려졌다.

엘이 그 음식들을 내려다보며 어깨를 으쓱였다.

"뭐, 대강은요. 라키아 님, 아니 이제는 자작님이라고 불러야겠군요. 자작님의 인기가 생각보다 높아서 놀라는 중이었습니다."

"자작?"

막 빵을 하나 집으려던 아사가 커다란 눈을 동그랗게 뜨며 라키아를 쳐다봤다.

"모르셨습니까? 라키아 님은 열여섯 살에 소드 마스터에 오르시면서 자작이 되셨습니다. 보통 소드 마스터가 되면 관례상 백작의 작위를 내리는 법인데, 나이가 어리다는 핑계로 공작들이 합심해서 한 단계 낮은 자작의 작위를 내렸죠."

"그러고 보니 공작들이 라키에게 자작이란 호칭도 사용하지 않더군요. 그들은 물론 대부분의 귀족들도 그냥 경이라고만 불렀습니다."

"아마도 그건 라키아 님이 기사라는 이미지가 강해서 그런 게 아닐까 생각합니다. 승계가 아닌 자신의 힘으로 십대에 자작이 된 사람은 지금껏 한 번도 없었으니까요."

"아무렇게나 불리면 어때. 난 그냥 나야."

별 쓸데없는 것 가지고 얘기를 한다는 듯 라키아가 퉁명스러운 말투로 대화를 중재했다. 그러자 웬일인지 아사가 맞장구를 쳤다.

"맞아, 아무렇게나 불리면 어때. 제대로 부르기만 하면 되지. 안 그래, 흰머리?"

"뭐야?"

"왜? 아무렇게나 불러도 된다며."

"되다 만 고양이, 넌 예외야."

"그런 게 어디 있어!"

아사가 거세게 항의하자 라키아가 빈정거리듯 말했다.

"넌 인간이 아니잖아. 인간도 아닌 게 어디서 끼어들어?"

"나도 반은 인간이거든!"

"또 그 소리냐?"

"이익, 그러는 넌 말꼬랑지보다도 약한 주제에 아직도 잘난 척이냐!"

아사가 지지 않고 맞서자 라키아의 인상이 험악해졌다. 잠시 주춤거리는 듯했지만 이내 결심한 듯 아사가 류지를 돌아보며 소리쳤다.

"류지, 흰머리 자식 있잖아. 말꼬랑지보다도 약한 거 알아?"

"……?"

"말꼬랑지가 흰머리 자식보다 훨씬 세. 몰랐지? 내가 진짜 끝까지 말 안 하려고 했는데, 저 자식 인간들 중 가장 강한 거 아니다!"

씩씩거리며 일러바치는 모양새가 라키아의 말에 정말로 상처를 받은 듯한 얼굴이었다.

류지는 그런 아사에게 차마 말하지 못했다. 이미 알고 있었노라고.

두꺼운 막에 가려진 것처럼 차이의 능력이 제대로 읽혀지는 않지만, 묘인족인 류지와 미하는 본능으로 알 수 있었다. 차이가 자신들도 감당하기 힘든 존재임을.

차이에게선 그들이 감히 범접할 수 없는 어떤 기운 같은 것이 느껴졌다.

리안의 생각이지만 아사는 사람들 앞에서 라키아에게 창피함을 주고 싶은 듯했다. 녀석의 지금 태도는 라키아를 생각해서 지금껏 비밀을 지켜주었는데, 그렇게 나오니 할 수 없다는 식이었다.

'아무튼 둘 다 알아줘야 해.'

만나기만 하면 으르렁대는 둘을 무슨 수로 말릴까. 리안은 이제 거의 포기 상태였다.

놀라운 건 라키아의 반응이었다. 당장에 큰 소리가 나와도 모자랄 판국에 어쩐 일인지 아사에게서 시선을 떼며 식사에 열중했다.

그게 아사도 이상했는지 입술을 쭉 내밀며 미간을 모았다.

"뭐야, 그건?"

"......"

"왜 그렇게 조용해? 소리치고 화내야 하는 거 아니야?"

라키아가 대답이 없자 아사의 표정이 점점 어두워졌다. 눈동자를 굴리는 모습이 미안해하는 것 같기도 했다.

라키아는 그저 어이없어 하는 것일 뿐인데, 녀석은 그것을 창피해하는 거라고 여기는 듯했다. 급기야 아사가 라키아를 위로하기 시작했다.

"뭘 그런 걸 갖고 소심하게 그래. 말꼬랑지가 이상한 거야.

인간 같지도 않잖아."

"······."

"나도 저런 인간은 처음 봤다니까? 리안, 리안도 처음 봤지? 그치?"

"응."

차이 같은 인간은 처음 본 게 맞기에 리안은 얼결에 고개를 끄덕였다.

"거봐, 리안도 처음이라잖아. 어젯밤에는 내가 또 어찌나 놀랐던지. 말꼬랑지는 잠도 없더라고."

"아사, 그게 무슨 소리야?"

"어젯밤에 내가 도착하자마자 리안이 보고 싶어서 침실로 뛰어갔는데, 갑자기 문 앞에서 말꼬랑지가 불쑥 나타나잖아. 얼마나 깜짝 놀랐는지 알아?"

"차이가?"

"응, 문 앞에서 딱 버티고 서더니 날 못 들어가게 하는 거야. 완전 황당했다니까."

아사가 그때만 생각하면 기분 나쁘다는 듯 눈을 가늘게 모았다.

"하지만 내가 누구야. 당연히 이기고 들어갔지. 아무튼 흰 머리, 너무 기죽을 필요 없어. 말꼬랑지는 예외야, 예외!"

예외라던 라키아의 말에 자신이 화를 냈던 것을 그새 잊은 게 분명했다. 아사가 그렇게 이야기를 결론짓더니 다시 식사에 몰두했다. 찜찜함을 털었다고 생각하는지 한결 얼굴색이 밝았다.

상황이 어찌 되었든 놀라운 변화인 것만은 확실했다. 아사가 라키아를 다 위로하다니.

리안은 물론 엘과 묘인족 둘은 그런 아사를 한동안 동그래진 눈으로 쳐다봤다. 그에 반해 라키아는 알 수 없는 눈빛으로 아사를 바라보다가 이내 고개를 저으며 시선을 거뒀다.

아무런 액션이 없는 것은 차이가 유일했다. 그는 아사가 대놓고 이상하다고 말했음에도 불구하고 일언반구도 없었다. 대꾸할 필요조차 없다는 듯.

리안이 분위기를 바꿀 겸 일부러 여행에 관한 애기를 꺼내자 아사가 다시 시끄럽게 떠들기 시작했다.

                    *   *   *

"근데 지금 어디 가는 거야?"

식사를 끝내고 저택을 나선 리안과 라키아를 아사가 쫓아왔다. 멀쩡한 길을 놔두고 왜 숲으로 들어서냐고 처음에는 불평을 했지만, 리안이 보기에 고양이의 모습을 하고 있는 아사에게는 지금이 퍽이나 어울렸다.

타운젠드 공작의 성에서 황도까지는 적어도 일주일은 소요되는 거리였다. 아직 황도에서 모습을 보이는 것은 곤란했기에 일행은 사람들의 눈을 피해 으슥한 곳으로만 이동을 하는 중이었다.

"어디 가냐니까."

사사삭.

리안이 대답이 없자 아사가 양쪽 귀를 뒤로 젖히며 빠른 속도로 앞질러 왔다. 떨어진 나뭇잎 위를 가볍게 오가는 녀석의 움직임은 다른 곳에서 볼 때와는 사뭇 그 느낌이 달랐다.

자유로우면서도 매우 역동적이라고 해야 할까?

아사의 황금색 털과 푸르른 숲이 무척 조화로웠다. 순간순간 숲과 녀석이 한 몸처럼 보이기도 했다.

"아사."

리안은 차분하고 조근조근한 목소리로 속삭였다.

"지금 가는 곳에서는 얌전히 있어야 해. 아주 귀중한 자리거든."

"그니깐 어디 가는 건데?"

아사의 시선이 리안을 따라 앞서 걷고 있는 라키아의 등으로 향했다. 리안은 라키아가 조금 더 멀리 갔을 쯤에야 다시 입을 열었다.

"라키의 가족이 잠든 곳에 가는 거야."

"……가족?"

"응, 부모님과 형이 돌아가신 건 알고 있지?"

끄덕.

금방 시무룩해지는 아사의 머리를 리안이 부드럽게 쓰다듬었다.

　　"말은 안 해도 라키가 조금 힘들어 할지 몰라. 그러니 우리가 위로해주자."

　　"내가 어떻게 하면 돼?"

　　"글쎄……. 조용히 같이 있어주면 그걸로 되지 않을까?"

　　황제는 라키아에게 비앙카가 살아 있음을 알려주면서 가족이 묻힌 곳에 대해서도 털어놓았다.

　　본시 역모를 저지른 죄인들은 본보기로 삼기 위해 잘린 목을 광장에 내걸어 까마귀의 밥으로 주고는 했다.

　　하지만 황제가 몰래 손을 쓴 덕에 라키아의 부모와 형은 무사히 땅에 묻힐 수 있었다.

　　라키아는 황도에 돌아온 날부터 해서 지금까지 매일 아침마다 묘소를 찾았다. 그동안 찾지 못한 것에 대해 용서라도 구하듯이 말이다.

　　친구로서 리안이 해줄 수 있는 건 묵묵히 따라가 함께 있어주는 것밖에는 없었다. 라키아도 말은 안 하지만 분명 조금은 위안이 될 거라고 리안은 생각했다. 자신이었더라도 라키아가 같이 있어 준다면 힘이 되었을 테니까.

　　"알았어. 그냥 말 안 하고 리안 옆에 가만히 있으면 되는 거지?"

　　"응."

"별로 어려운 것도 아니네, 뭐. 가자, 흰머리 자식 기다리겠다."

풀과 나무에 가려 라키아의 모습이 보이지 않았다. 높게 솟아 있는 덤불을 훌쩍 뛰어넘으며 아사가 라키아가 사라진 방향을 향해 뛰어갔다. 리안도 피식 웃으며 발걸음을 서둘렀다.

라키아의 부모님과 형의 무덤이 있는 곳은 숲의 한가운데였다. 공작들의 추적을 걱정한 황제는 일부러 사람들의 발길이 미치지 않은 곳에다가 공터를 만들고 그곳에 시신을 안치했다.

"와."

무성하던 나무가 사라지고 갑자기 커다란 공터가 나오자 아사는 자기도 모르게 감탄사를 내뱉었다.

생각보다 근사한 곳이었다.

공터 전체에 피어 있는 알록달록한 꽃밭과 멋진 조각상, 잘 다듬어진 나무들까지. 그간 신경 써서 관리를 해왔음을 한눈에 알 수 있었다.

공터의 중앙에는 세 개의 봉분이 자리하고 있었다. 라키아는 이미 그 봉분 앞에 도착해 있었다. 그의 왼손에는 방금 전 꺾은 듯한 꽃다발도 한 아름 들려 있었다.

"아사, 우리도 인사하러 가자."

리안은 아사를 데리고 공터 안으로 들어갔다. 숲에선 보기 힘들었던 환한 햇볕이 리안과 아사의 몸으로 쏟아져 내렸다.

"어? 글자가 쓰여 있네?"

무심코 걷던 아사는 발바닥에서 이전과는 다른 감촉이 느껴지자 고개를 숙였다가 깜짝 놀랐다. 거대한 돌 위에 자신이 서 있었다.

"저기부터 읽으면 돼."

리안이 손가락으로 가리키는 곳을 아사가 총총거리며 걸어갔다. 매우 크고 중후한 필체로 긴 문장이 시작되었다.

> 짐이 부족하여 이곳에 그대를 묻지만 반드시 누명을 벗겨내어 세상에 알리겠노라. 그대는 역모를 저지른 죄인이 아니라, 누구보다 훌륭한 충신이었음을 만인들 앞에서 고백하겠노라. 억울하고 분한 마음은 그만 세상에 내려놓고 부디 편하게 잠들기를.

돌에 새겨진 글귀는 황제의 다짐과도 같은 말이었다. 라키아뿐 아니라 그의 아버지인 로드리게즈 백작 또한 중히 여겼음을 알 수 있는 대목이었다.

리안은 노란 꽃 한 송이를 꺾어 라키아의 옆에 섰다. 그리고 눈을 감고 저세상에 있을 라키아의 가족을 위해 기도했다. 아사가 얌전히 그 옆으로 다가와 서더니 리안의 행동을 그대로 따라했다. 녀석은 꽃을 손에 드는 대신 입에 물고 있었다.

잠시 후, 리안은 꽃을 봉분 앞에 내려놓고 조용히 뒤로 물러났다.

휙—

아사의 귀가 쫑긋거린 것은 그때였다. 녀석이 가늘어진 눈으로 숲 속을 노려보았다.

'응?'

소리로 듣는 아사보다 한 박자 늦었지만 리안도 마나 장악력을 통해 이곳으로 향하는 무언가를 느꼈다. 이 기운은 분명 짐승이 아닌 사람이었다.

'누구지?'

이곳은 황궁에서 멀지 않은 곳으로 일명 '제왕의 숲'이라 불리는 곳이었다. 이름에서부터 알 수 있듯이 황실의 소유지로 출입이 엄격히 제한되어 있어 아무나 들어올 수 없는 곳이기도 했다.

라키아는 혼자만의 생각에 깊게 빠진 듯 다가오는 존재에 대해서는 모르는 듯했다.

'폐하이신가?'

아니야. 리안은 고개를 저었다. 폐하라면 반드시 럼블리 백작이나 크리스를 대동하고 오실 것이다. 느껴지는 기척은 하나였다.

타다닥.

아사가 꽃밭을 지나 숲으로 들어갔다.

"놀라면 안 될 텐데……."

누군지는 몰라도 아사를 보고 놀라지는 않을까 리안은 괜한 걱정이 앞섰다.

그러나 아사와 함께 공터로 들어서는 소녀를 보고 리안은 자신의 생각이 틀렸음을 깨달았다. 놀란 기색은 조금도 찾아 볼 수 없었다. 소녀는 아사의 안내를 당연하다는 듯 받아들이고 있었다.

하늘색 단발머리에 베이지색 눈동자를 가진 소녀였다. 반짝이는 햇살 아래 등장한 소녀는 리안으로 하여금 들꽃을 떠올리게 했다.

세찬 비바람에도 왠지 끄떡없을 것 같다고 해야 할까.

무릎 위에서 하늘거리는 연둣빛 드레스가 건강하게 탄 피부와 매우 잘 어울렸다.

밝고 활기찬 느낌이 전해지는 소녀.

'비앙카.'

리안은 한눈에 그녀를 알아봤다. 분위기가 많이 달랐지만 그녀를 본 순간 리안은 라키아를 떠올렸다. 둘은 다른 듯하면서도 매우 닮아 있었다.

아사도 그녀가 동생임을 알아본 게 틀림없었다. 녀석은 꼬리를 바짝 세운 채 흥미로운 눈으로 소녀를 올려다보고 있었다.

소녀의 눈동자는 줄곧 라키아를 향해 있었다. 뒤늦게 그 시선을 느낀 듯 라키아의 고개가 서서히 돌아갔다.

손에 쥐고 있던 꽃다발이 툭 떨어졌다.

"……비앙카?"

라키아가 쉰 목소리로 여동생의 이름을 불렀다.

"오빠?"

소녀의 음성은 귀를 기울이지 않으면 들리지 않을 정도로 매우 작았다.

"정말…… 오빠야?"

주체할 수 없는 감정이 솟구쳤다. 온몸에 소름이 돋았다. 믿고 싶지만 믿어지지가 않았다. 단 한 번도 오빠가 살아 있을 거라고는 생각하지 못했다.

너무도 멀쩡히 자신 앞에 서 있는 라키아를 보며 비앙카는 몸을 떨었다.

"많이 컸구나."

라키아의 기억 속에 열두 살 어린아이였던 여동생은 어느새 숙녀가 되어 있었다.

라키아가 두 팔을 활짝 펼쳤다. 그런 라키아의 얼굴에는 보기 드문 함박웃음이 떠올라 있었다. 반면 눈에는 눈물이 차 있기도 했다.

"정말 우리 오빠 맞구나."

어릴 적 비앙카에게 사람들은 말했었다. 둘째 오빠는 성격이 너무 차가운 것 같다고.

그때마다 그녀는 고개를 저으며 강하게 부정하곤 했다. 세상 어느 누구보다 다정한 사람이 바로 둘째 오빠라고.

자신을 볼 때마다 반갑게 두 팔을 벌려 안아주던 오빠의 모습은 여전했다.

정말로 오빠가 살아 있었다.

투툭.

눈물이 흘러내렸다. 5년 전 그날 이후로 처음으로 흘리는 기쁨의 눈물이었다.

비앙카가 라키아를 향해 달려갔다. 오빠의 넓은 가슴에 안긴 순간 비로소 그녀는 실감했다.

세상에 이제 자신은 혼자가 아니라고. 이젠 오빠가 있다고.

"오빠!"

감격에 벅차 엉엉 울음을 터뜨리는 비앙카를 라키아가 다시는 놓지 않겠다는 듯 세게 껴안았다.

제6화

가든파티

"어떻게 된 거야?"

절대로 떨어지지 않을 것 같던 남매가 서로를 놓아준 것은 그로부터 꽤 시간이 흐른 뒤였다. 여전히 믿기지 않는다는 듯 동생의 볼을 쓰다듬으며 라키아가 물었다. 그의 다른 한 손은 동생의 손을 꼭 붙잡고 있었다.

"폐하께서 살려주셨어."

울음기가 가신 비앙카의 음성은 투명하리만치 맑고 고왔다. 그녀가 베이지색 눈동자를 깜박거리며 어리광을 피우듯 오빠의 손에 볼을 비볐다.

"알아, 들었어. 화살이 심장을 비켜갔다며."

"응, 나도 내가 죽은 줄 알았는데 깨어나 보니 눈앞에 폐하가 계시잖아. 정말 깜짝 놀랐어."

"네가 이렇게 살아 있는 줄 알았다면 진즉에 돌아올 것을……."

어린 동생을 지금껏 혼자 두었다는 죄책감에 라키아는 입술을 깨물었다.

얼마나 무섭고 외로웠을까.

열두 살이라는 어린 나이에 온 가족을 잃고 홀로 컸을 비앙카를 생각하니 라키아는 차마 말이 나오지 않았다.

모든 걸 혼자 감당해야 하는 것이 얼마나 큰 고통인지 라키아는 누구보다도 잘 알았다.

"난 괜찮아, 오빠."

오빠의 눈에 떠오른 괴로움을 읽은 듯 비앙카가 해맑게 웃었다. 어릴 적 떼쟁이의 모습은 사라지고 없었다. 자신을 바라보는 동생의 의연한 눈빛에 라키아는 고개를 푹 숙였다. 왠지 그것이 가슴을 더 아프게 했다.

"미안하다. 혼자 있게 해서."

"아니야, 폐하께서 잘 보살펴 주신걸."

폐하라면 당연히 뒤를 봐주셨을 것이다. 하지만 사람이 산다는 건 그게 다가 아니다.

라키아가 대답이 없자 비앙카가 어깨를 으쓱이며 말을 이었다.

"시골에서 자랐지만 나 이래봬도 교육도 아주 잘 받았어. 가정교사가 있었거든. 서툴지만 가르시아어도 할 줄 안다? 오빠도 알지? 가르시아어 무지 어려운 거."

"가르시아어를 배웠어?"

"응, 진이 나 정도면 가르시아인과도 무리 없이 대화를 나눌 수 있다고 했어. 아, 진은 내 가정교사 선생님이야. 나중에 오빠한테도 소개시켜줄게."

함께 오고 싶었지만 뒷정리를 위해 진은 잠시 늦게 출발하기로 했다. 철부지 어린애였던 자신을 거의 키워주다시피 한 그녀를 비앙카는 얼른 오빠에게도 보여주고 싶었다.

"참, 나 요리도 할 줄 알아. 수프는 성공률이 조금 떨어지지만 빵 굽는 건 자신 있어! 나중에 오빠도 꼭 한 번 먹어 봐. 알았지?"

'하아.'

재잘재잘 떠드는 동생을 내려다보며 라키아는 속으로 한숨을 내쉬었다. 다독여야 할 쪽은 동생이 아니라 자신이었다. 지금껏 무사히 잘 자라줘서 고맙다고 칭찬이라도 해줘야 하는 것이다.

그런데 오히려 위로를 받고 있다니.

5년 전 그때처럼 천진하게 웃고 있는 비앙카를 보니 라키아는 슬픔이 차츰 덜어지는 것 같았다.

"그래, 꼭 먹어 볼게."

라키아가 비앙카의 머리를 쓰다듬었다. 그의 음성은 어느 때보다 부드럽고 따듯했다.

"흰머리도 저런 표정을 지을 수 있다니 신기한 걸."

리안의 옆에 얌전히 앉아 있던 아사가 꼬리를 저으며 인상을 쓴 것은 그때였다.

"어?"

비앙카의 베이지색 눈동자가 크게 떠졌다. 신기하게 생긴 고양이가 말까지 하니 놀랍기도 할 것이다.

"안녕."

비앙카와 눈이 마주치자 아사가 반갑게 인사했다.

"응, 안녕."

조금 당황하긴 했지만 비앙카도 잊지 않고 아사를 향해 손을 흔들었다. 그녀가 설명을 해달라는 듯 라키아를 돌아봤다.

라키아의 얼굴에 잠시 싫은 기색이 내비쳤지만 그는 동생의 청을 거절하지 못했다.

"묘인족이야."

"묘인족?"

"응, 그게 뭔지는 알지?"

"책에서 읽은 적 있어. 고양이의 모습을 하고 있지만 사람으로도 변할 수 있다고……."

"맞아, 그게 묘인족이야. 이름이 아사라고 하는데, 그냥 되다 만 고양이라고 불러도 돼."

"되다 만 고양이?"

그게 더 이상하다는 듯 비앙카가 이마를 찌푸렸지만 라키아는 단호했다. 그가 고개를 끄덕이며 리안과 아사에게 비앙카를 소개했다.

"여긴 내 동생 비앙카. 비앙카, 저기는 말했다시피 되다 만 고양이, 그리고 여긴 리안이야. 풀네임은 아드리안 폰 칼리스타."

"아, 이분이……!"

라키아의 설명에 비앙카가 자리에서 후다닥 일어났다. 그러더니 리안을 향해 꾸벅 허리를 숙이며 말했다.

"감사합니다. 폐하께 들었어요. 오빠를 살려주셨다고요. 정말로 감사드립니다."

"마땅히 해야 할 일을 했을 뿐입니다."

리안이 웃으며 대답하자 비앙카가 고개를 저었다.

"아무도 없던 제게 가족을 찾아주셨어요. 이 은혜는 평생 잊지 않겠습니다."

정중히 고마움을 전하는 비앙카의 모습은 무척 어른스러웠다. 홀로 외롭게 컸기 때문일까?

조금 전까지 라키아를 붙들고 수다를 늘어놓을 땐 마냥 어린 동생 같았는데 지금은 전혀 딴판이었다. 마치 어릴 적 레지나를 보는 듯했다.

"저도 라키에게 많은 도움을 받았습니다. 그러니 그렇게까지 고마워하실 필요 없습니다. 그리고 감사의 인사는 저야말로 드리고 싶군요."

"네?"

"말은 안 했지만 라키가 많이 외로워했거든요. 라키가 혼자가 아니게 되어서 정말 다행입니다."

어리둥절한 눈빛으로 리안을 바라보던 비앙카의 얼굴에 이내 작은 미소가 피었다. 좋은 사람이 오빠의 곁에 있는 것 같아 마음이 따뜻해졌다. 비앙카의 두 눈이 리안을 향해 반달을 그렸다.

그때 아사가 리안을 올려다보며 물었다.

"흰머리 자식이 밤에 외롭다고 질질 짜기라도 한 거야?"

"응?"

"외로워했다며. 아우, 아깝네. 그걸 못 보다니."

정말로 애석하다는 듯 아사가 조그만 앞발로 바닥을 탕탕 쳤다. 그 모습이 너무 귀여워 리안이 웃을 때 라키아가 인상을 쓰며 걸어왔다.

"울긴 누가 울었다고 그래? 되다 만 고양이, 너 자꾸 이상한 소리 할래?"

"운 거 아니야?"

아사의 물음에 리안은 고개를 가로저었다.

"아사, 외롭다고 다 우는 건 아니야. 라키가 어디 울 사람이야?"

"하긴 그건 그래. 피도 눈물도 없는 냉혈한인데 울 리가 없지."

"어째서 얘기가 또 그렇게 흘러가는 건데?"

아무리 무뚝뚝한 성격의 라키아라지만 냉혈한이라는 표현은 달갑지 않았다. 그가 눈을 부릅뜨며 노려보자 아사가 콧소리를 내며 시선을 피했다.

억울함에 잔소리를 더 늘어놓으려던 라키아는 비앙카를 봐서 한 번만 참기로 했다. 사실 지금은 동생에게 묻고 싶은 말들이 너무 많았다.

"비앙카."

"응."

아사에게 향한 호기심어린 눈길을 거두고 비앙카가 오빠를 돌아봤다.

"이제껏 어떻게 지냈는지 얘기 좀 해 봐. 황도는 5년 전 그때 떠나고 처음 온 거야?"

"아니, 지금이 다섯 번째야. 기일 때마다 폐하께서 숲에 들어올 수 있도록 허락해주셨거든."

"너라도 부모님과 형에게 인사를 드렸다니 다행이네. 그래, 지금 사는 곳은 어디야?"

"아마 말해도 모를 텐데. 혹시 모니크라고 알아?"

"모니크? 거기가 어디지?"

처음 듣는 지명에 라키아가 고개를 갸웃하자 비앙카가 그럴 줄 알았다며 키득거렸다.

"황도에서 말을 타고 열흘은 가야 나오는 곳이야. 작은 소
도시인데, 내가 사는 곳은 모니크에서도 한참 더 들어가야 해.
거기서 진과 트레비스와 살았어."

"트레비스……?"

익숙한 이름이 나오자 라키아가 깜짝 놀랐다. 아닌 게 아니
라 트레비스라면 라키아가 단장으로 있던 황궁 제3기사단의
단원이었다. 나이는 어린 축에 속하지만 실력만큼은 황궁 기
사단에서도 상위를 차지하는 실력자였다.

"설마 내가 아는 그 트레비스?"

"응, 맞아. 그분이야. 트레비스 덕분에 진이나 나나 탈 없이
잘 지낼 수 있었어."

"그랬구나. 그럼 황도에도 트레비스와 함께 온 건가?"

"아니, 트레비스는 진과 올 거야. 난 폐하께서 보내신 다른
기사분과 먼저 올라왔어. 오빠가 너무 보고 싶어서 기다릴 수
가 없었거든."

그날의 감격이 떠오르자 비앙카는 심장이 또다시 거세게 뛰
었다. 오빠가 살아 있을 거라고는 꿈에도 생각하지 못했던 그
녀였다. 사실 지금도 오빠의 얼굴을 보면서 문득 이것이 꿈은
아닐까 걱정이 되기도 했다.

"정말 좋다."

라키아와 맞잡은 비앙카의 손에 힘이 들어갔다.

"저는 폐하께서 보호하고 계신 줄도 모르고 한참 찾았습니다."

"저를 찾으셨다고요?"

지금껏 서로가 죽었다고 알고 지냈다. 의아해하는 비앙카에게 리안이 설명했다.

"꼭 비앙카 양을 찾은 것은 아닙니다. 혹시 모를 생존자가 있지 않을까 하는 마음에 시도해 본 것입니다."

"아."

"성과가 없어서 낙심하고 있었는데, 이제 보니 폐하께서 꼭꼭 숨겨두시는 바람에 찾지 못한 모양입니다."

말은 이렇게 해도 리안은 상당한 돈을 투자해서 그 일을 진행하고 있었다. 하지만 이제는 그만두어도 될 듯하다.

직접 찾았다면 더 좋았겠지만 아쉬운 마음은 전혀 없었다. 비앙카로 인해 라키아가 혼자가 아니라는 사실이 리안은 정말로 기뻤다.

"폐하께서는 제가 살아 있다는 게 알려질까 봐 많은 걱정을 하셨어요. 공작들의 눈에 걸릴 것을 우려해 저를 만나러 오시지도 못하셨죠. 그래서 그동안 감사의 인사도 서찰로밖에 할 수가 없었어요."

그 사실이 죄스럽다는 듯 비앙카가 시무룩한 표정을 지었다. 라키아가 그런 동생을 향해 분명하게 말했다.

"이제는 그럴 필요 없어. 누명이 벗겨졌으니 당당해져도 돼."

"정말 완전히 벗겨진 거야?"

"그럼. 페하께서 공표까지 하셨잖아. 같이 인사드리러 가자."

"그래도 난 불안해, 오빠. 그때처럼 다시 무슨 일이라도 생길까 봐……."

어린 나이였지만 비앙카는 모든 것을 기억하고 있었다. 평화롭던 삶이 틀어지는 것은 순식간이었다.

힘든 일을 겪은 사람답지 않게 밝게 자란 비앙카지만, 지금도 때때로 그날의 악몽을 꾸며 잠에서 깨어나곤 했다.

"비앙카, 날 봐."

동생의 손에서 떨림이 느껴지자 라키아가 비앙카의 어깨를 잡고 자신의 앞으로 돌려세웠다. 두려움에 찬 눈동자가 라키아를 응시했다. 그 눈을 마주보며 라키아가 또박또박 힘주어 말했다.

"걱정할 것 없어. 네가 생각하는 일은 다시는 일어나지 않아. 설사 일어난다 해도 그때처럼 당하지도 않을 거야. 오빠 말 무슨 말인지 알아듣겠어?"

"……."

"우린 모든 걸 잃었지만 이제는 다시 찾을 차례야. 내가 다 가지고 올 거야. 그러니 넌 오빠만 믿고 옛날처럼 그냥 웃으면 돼."

"……웃으라고?"

"그래, 모든 건 오빠에게 맡겨. 우리에겐 든든한 아군도 있잖아?"

라키아가 슬쩍 리안을 향해 곁눈질했다. 살짝 말려 올라간 입꼬리가 더할 수 없이 자신감에 차 있었다.

라키아가 양손으로 동생의 볼을 잡으며 어느 때보다 활짝 웃었다.

"내 동생은 웃을 때가 가장 예쁘거든."

*　　　*　　　*

라키아의 복귀를 축하하는 파티가 황도에서 조촐하게 열렸다. 황제가 직접 황실파티를 개최하겠다고 제안했지만, 라키아는 그를 정중히 거절하고 자신의 저택에서 가든파티를 열기로 했다.

얼마 전 라키아는 정식으로 백작의 작위를 하사받았고, 몰수되었던 재산 모두를 돌려받았다.

로드리게즈 백작가가 손에 꼽힐 정도로 대단히 부유한 가문은 아니었지만 유서 깊은 가문답게 그간 쌓아온 재물의 양은 적지 않았다.

예로부터 역모로 인해 가문이 몰락하면 모든 재산은 황실로 귀속이 되어 왔다. 황제가 다른 귀족에게 영지를 하사할 때까지 영지에는 관리인이 배속되고, 성이나 저택은 처분하는 것이 통상적이다.

하지만 라키아가 살아 돌아올 것을 알기라도 한 듯 황제는 아무것도 처분하지 않았다. 영지에 관리인을 파견하긴 했지만, 성과 저택은 물론 사소한 물건 하나도 버리지 않고 그대로 보전해 왔다.

그것은 라키아의 누명을 벗겨내기 전까지는 어느 것 하나 함부로 처리하지 않겠다는 황제의 결심이었다.

그런 황제의 배려 덕분에 라키아는 가족의 때가 고스란히 묻어 있는 성과 저택을 복잡한 절차 없이 빠른 시간 내에 다시 소유할 수 있었다.

5년 전 몰수되었던 로드리게즈 백작가의 저택은 예전부터 아름다운 정원으로 유명한 곳이었다. 때문에 백작가에선 대대로 무도회가 아닌 가든파티가 자주 열리곤 했는데, 오늘이 바로 그러했다.

다른 점이라면 야외라는 특성상 주로 낮에 개최되던 것이 이번에는 밤에 열린다는 것이었다. 그 사실에 다들 처음에는 의아스러워했지만 저택을 방문하고는 이유를 깨달았다.

정원의 곳곳에는 환한 불빛들이 떠올라 있었다. 헤아릴 수 없을 정도의 많은 수의 구체가 정원 구석구석을 빠짐없이 비추고 있었다.

공중에 둥둥 떠 있는 모습이 어찌나 신기한지 파티에 초대

된 대부분의 사람들이 넋을 잃고 그 불빛들을 쳐다보았다.

"저게 라이트 마법이라는 건가 봅니다."

"생각보다 매우 밝군요."

"칼리스타 백작이 정말로 대마법사가 맞는 모양입니다. 정원 전체를 이토록 환하게 만들다니 말입니다."

"1서클 마법이라도 아무나 이렇게 할 수는 없겠지요. 밤인데도 전혀 불편하지가 않습니다."

"그러게요. 게다가 이렇듯 밤에 정원에 나오니 낮과는 느낌이 또 다르군요. 저는 운치 있고 좋은데, 다른 분들은 어떻습니까?"

신기해하는 이면에는 놀라움 또한 서려 있었다. 이런 마법을 펼쳐 놓고도 라키아의 옆에서 아무렇지도 않게 손님들을 맞고 있는 리안의 모습은 그들에게 무척 충격적이었다.

정원은 마치 한 폭의 그림 같았다. 구체에서 뿜어져 나오는 은은한 빛과 밤의 조화가 정원 본래의 아름다움을 배가 시켰다.

라키아는 돌아가신 부모님이 생전에 제일 좋아했던 이곳에서 처음을 시작하고 싶었다. 가족의 죽음을 목도한 슬픈 장소이기도 하지만, 정원은 가족과의 추억이 가장 많이 서린 곳이기도 했다.

"체노위스 백작님, 어서 오십시오."

아들인 듀란과 함께 체노위스 백작이 정원으로 들어섰다.

리안과 라키아가 반갑게 인사하자 백작이 환하게 웃으며 악수를 청했다.

"오호, 정말로 멀쩡히 살아서 돌아왔군. 내 쉽게 갈 인물은 아니라고 생각했지. 반갑네."

"와주셔서 감사합니다."

"감사는 무슨. 이렇게 기쁜 자리에 당연히 와야지. 안 그런가, 칼리스타 백작?"

체노위스 백작이 리안을 향해 돌아서며 기꺼운 미소를 지었다. 나락으로 떨어질 뻔한 가문을 살려준 이후로 백작은 지나칠 정도로 리안에게 호의적이었다.

그는 담보도 없이 오로지 신용만으로 거액을 내어준 리안의 배포를 굉장히 높이 샀다. 그건 아무나 할 수 있는 일이 아니라며 아들인 듀란에게도 틈만 나면 리안을 본받으라고 말하곤 했다.

"백작님께서 와주신 덕분에 자리가 더 빛이 납니다. 그간 잘 지내셨습니까?"

"자네 덕분에 나야 항상 잘 지내지."

"건강해 보이셔서 다행입니다."

"요즘 어디서 보약을 드시고 왔는지 아들인 저보다도 더 펄펄 나십니다. 그러니 걱정하지 마십시오."

"그렇습니까?"

듀란의 농담에 주위에 있던 사람들이 다 같이 웃음을 터뜨렸다.

라키아의 복귀를 축하하는 파티인 만큼 오늘 이 자리에는 많은 귀족들이 참석했다. 대다수가 황제의 측근이자 리안과 돈독한 관계를 유지하고 있는 자들로 체노위스 백작과 같은 영향력 있는 귀족도 다수 포함되어 있었다.

"참, 소문에 듣자하니 비앙카 양도 살아 있다고 하던데 사실입니까?"

조심스러운 듀란의 질문에 모두가 입을 다물고 라키아를 주목했다. 그도 그럴 것이 며칠 전 퍼진 소문 때문에 황도가 다시금 한바탕 시끄러웠다.

라키아를 보면 제일 먼저 묻고 싶은 말이지만, 사실이 아니라면 큰 실례가 되는 일이기에 여태껏 아무도 묻지 못하고 있었던 것이다.

그런 것을 듀란이 나서서 묻는 까닭은 용기가 있어서가 아니라 어느 정도 확증이 있기 때문이었다.

비앙카의 하늘색 머리칼은 제국뿐 아니라 대륙에서도 보기드문 색이었다. 그녀가 살아 있다는 소문이 퍼질 즈음부터 하늘색 머리칼의 소녀를 보았다는 사람의 수가 늘고 있었다.

라키아도 살아 돌아온 마당에 그녀라고 살아 있지 말란 보장은 없지 않은가, 듀란은 소문의 주인공이 비앙카임을 거의 확신했다.

'역시.'

라키아가 대답을 미루고 있지만 듀란은 자신의 예감이 맞았음을 알 수 있었다. 기분 나쁜 기색은커녕 그의 눈은 웃고 있었다.

"네, 사실입니다."

라키아의 얼굴에 미소가 번졌다.

"헉! 정녕 그게 사실이었단 말입니까?"

놀람의 소리가 연이어 터져 나왔다. 라키아는 잘 들으라는 듯 다시 한 번 소리 높여 말했다.

"네, 제 동생 비앙카는 죽지 않았습니다."

"비앙카 양까지 살아 돌아오다니. 로드리게즈 가문의 복입니다, 복!"

또랑또랑한 눈을 빛내던 열두 살의 어린 꼬마를 기억하는 사람들이 많았다. 크면 반드시 굉장한 미인이 될 거라며 다들 기대하지 않았던가. 한시라도 빨리 그녀를 만나보고 싶었다.

"마침 저기 오는군요."

비앙카에게는 오늘의 파티가 사교계에 데뷔하는 것이나 마찬가지였다. 그런 만큼 준비할 것이 많았다.

뜨거운 물에 몸을 담가 묵은 때도 벗기고 평소와 달리 얼굴에는 고운 화장까지 칠했다.

연한 핑크빛 드레스를 갖춰 입고 사뿐사뿐 걸어오는 비앙카의 모습은 일전에 보았을 때와는 분위기가 또 달랐다.

밝고 자유분방한 느낌 위에 우아함과 고귀함이 더해졌달까.

무엇보다 햇볕에 보기 좋게 그을린 피부가 다른 여인들의 창백한 피부와 대조되며 그녀를 건강하고 활기찬 여성으로 비추게 했다.

"오오, 이럴 수가! 이제껏 보지 못한 아름다움입니다!"

어느새 다가왔는지 보웬 남작이 리안의 옆에서 손바닥을 마주치며 감탄사를 내뱉었다. 그의 시선은 비앙카를 향해 거의 고정되어 있었다. 이제껏 남작이 이토록 환호하는 모습을 리안은 본 적이 없었다.

"오빠!"

사람들의 시선이 자신에게 향한 것도 모른 채 비앙카가 눈웃음을 지으며 라키아에게로 다가왔다.

"나 어때? 오랜만에 이런 옷을 입었더니 너무 어색한 거 있지?"

오빠에게 잘 보이고 싶어 차려입긴 했지만 비앙카는 영 불편했다. 드러난 어깨도 어깨지만, 몸을 구부릴 때마다 가슴이 보일까 봐 상당히 신경 쓰였다.

앞으로 며칠을 더 이런 옷을 입어야 한다는데 그녀는 벌써부터 도망치고 싶은 심정이었다.

그런 동생의 마음을 다 안다는 듯 라키아가 다정한 눈빛으로 동생을 바라보며 엄지손가락을 세웠다.

"내 눈엔 여기서 제일 예쁘다. 최고야."

"정말?"

"그럼, 누구 동생인데. 사내놈들이 다 반할까 봐 걱정되네, 갑자기."

"오빠는."

과도한 라키아의 칭찬에 비앙카가 수줍은 듯 얼굴을 붉혔다.

"제 눈에도 가장 어여쁘십니다. 처음 뵙겠습니다. 토레스폰 보웬 남작이라고 합니다."

보웬 남작이 그런 비앙카를 향해 자신을 소개하며 끼어들었다. 허리를 숙이며 예를 취하는 동작이 군더더기 없이 아주 깔끔했다. 비앙카도 서둘러 드레스 자락을 쥐고 무릎을 살짝 굽혔다.

"안녕하세요, 보웬 남작님. 반갑습니다."

"헤헤, 감히 제게 비앙카 양과 처음으로 춤을 출 수 있는 영광을 주시겠습니까?"

선수답게 많은 남성들을 제치고 남작이 제일 먼저 춤을 신청했다. 비앙카는 잠시 당황했지만 이내 고개를 끄덕이며 남작을 향해 손을 내밀었다. 아니, 내밀려고 했다.

탁!

라키아였다. 그가 보웬 남작의 손등을 찰싹 내려치며 비앙카를 자신의 품으로 끌어당겼다.

"라키아 경!"

보웬 남작이 억울한 눈빛으로 라키아를 올려다봤다. 아무리 오빠라지만 이건 아주 큰 실례였다. 춤을 거절할 권리는 오로지 당사자인 비앙카에게만 있었다.

"저도 이제는 백작입니다. 호칭을 똑바로 붙여주십시오."

"아, 그건……."

"그리고 오늘은 저와 비앙카에게 아주 특별한 날입니다. 첫 춤을 저희 남매에게 양보해주실 거라고 믿습니다. 그럼."

보웬 남작에게 미처 대답할 새도 주지 않고 라키아가 비앙카를 끌고 플로어로 나갔다.

"오빠, 이래도 돼?"

귀족들 세계에선 예의를 지키는 것이 목숨보다 중요할 때도 종종 있다. 염려 섞인 동생의 말투에 라키아가 입술을 삐죽이며 코웃음 쳤다.

"안 될 게 뭐 있어. 보웬 남작에게 너를 맡기느니 차라리 결투를 신청하겠다."

"저분이 왜?"

5년 전에도 남작의 명성은 대단한 축에 속했지만 그때 비앙카의 나이는 고작 열두 살이었다. 그녀가 궁금하다는 듯 보웬 남작을 힐긋거리자 라키아가 말했다.

"여자만 보면 환장하는 작자야."

"환장? 겉으로 보기엔 멀쩡해 보이는데."

"저게 멀쩡해 보인다고?"

라키아가 턱을 아래로 당기며 황당한 눈으로 동생을 내려다봤다.

"응, 저 정도면 잘생긴 거 아닌가?"

"비앙카, 네가 시골에서만 살았다고 하더니 사람 볼 줄 모르는구나?"

"오빠도 진이랑 똑같이 말하네."

"진이라면 그 가정교사 선생님?"

"응, 진도 나보고 눈이 너무 낮은 거 아니냐고 그랬거든. 근데 내 눈에는 웬만하면 다 잘생겨 보이거든?"

진지한 표정으로 말하는 비앙카를 라키아는 잠시 심각한 눈길로 쳐다봤다. 그러다가 불현듯 주위를 빙 둘러보더니 누군가를 가리키며 물었다.

"저기 저 사람은 어때?"

"회색 옷 입은 남자?"

"그래, 설마 저 사람도 잘생겨 보인다는 건 아니겠지?"

막 괜찮다고 말하려던 비앙카의 입술이 라키아의 물음에 꾹 닫혔다.

"헐! 비앙카, 너 정말 심각한데?"

"……."

"저 사람이 잘생긴 거면 그럼 리안은, 리안은 어떻게 보여?"

"칼리스타 백작님?"

비앙카의 눈이 귀족들과 담소를 나누고 있는 리안에게로 향했다. 그녀가 잠시 뜸을 들이다가 말했다.

"예뻐."

"으잉?"

"내가 지금까지 만났던 사람 중 가장 아름답게 생기셨어. 진도 무척 예쁜 편인데, 어떻게 된 게 남자인 칼리스타 백작님이 더 고우신 것 같아. 아, 물론 오빠는 빼고. 헤헤."

남자에게 곱다는 표현을 써도 되는지 잠시 고민이 되었지만 그보다 더 적합한 말을 비앙카는 찾을 수 없었다.

"뭐, 리안이 곱긴 하지."

라키아 또한 그 말에 조금의 위화감도 느끼지 못했다. 오히려 무척 잘 어울린다고 생각했다.

"눈이 아주 잘못된 건 아니군."

보통 여자들보다 눈이 조금 낮은 것 같기는 하지만 그건 황도 생활을 하다 보면 차차 나아질 거라고 라키아는 판단했다.

"아무튼 당분간 보웬 남작과는 말도 섞지 마. 순진한 여자들 꾀이는 데는 도가 튼 사람이니까."

"오빠가 걱정할 만큼 나 그렇게 순진하지 않아. 그래도 오빠가 그러라니깐 그렇게 할게."

세상에 단 하나뿐인 오빠였다. 비앙카는 조금의 망설임도 없이 순순히 고개를 끄덕였다.

"다음 춤은 리안이랑 춰야겠다."

남매의 춤이 끝날 때까지 보웬 남작은 자리를 지키고 서 있었다. 의지가 아주 대단했다.

하지만 라키아는 남작의 손에 절대 비앙카를 넘겨줄 수 없었다. 수많은 여인들이 거쳐 간 그의 손길에 동생의 몸이 닿는 것조차 꺼림칙했다.

"칼리스타 백작님과 춤을 추고 난 뒤에는 어쩌지? 몸이 아프다고 할까?"

"넌 거짓말 하면 다 티나."

"그럼 어떡해?"

"다 생각이 있지. 걱정하지 마. 리안!"

자신을 부르는 라키아의 음성에 리안이 돌아봤다.

"잠깐 비앙카랑 춤 좀 추고 있어."

"……?"

"잠깐이면 돼."

강제로 라키아에게서 비앙카의 손을 넘겨받은 리안은 얼떨결에 플로어로 가 춤을 추기 시작했다.

"죄송해요."

오빠를 대신해 사과하며 비앙카가 자초지종을 얘기했다. 그제야 리안의 눈에 라키아를 불쾌한 눈빛으로 좇고 있는 보웬 남작의 모습이 보였다. 그것을 아는지 모르는지 라키아는 악단을 향해 걸어가고 있었다.

'설마.'

큰 키 탓에 허리를 숙여 지휘자에게 귓속말을 건네는 라키아의 얼굴은 회심에 가득 차 있었다.

"오빠가 뭘 하는 거죠?"

"글쎄요. 동생을 너무 과보호하는 건 아닌지 모르겠네요."

"네?"

알아듣지 못하고 되묻는 그녀에게 리안은 방긋 웃었다.

"뭐, 이해는 갑니다. 저도 여동생이 있거든요."

"황후 마마 말씀인가요?"

"네, 폐하와 성혼을 하기 전까지는 저도 지금의 라키 모습과 매우 비슷했습니다."

다른 점이라면 리안은 드러내지 않고 행동했다는 것이다.

"이제 곧 끝나겠군요."

라키아가 입가를 실룩이며 리안을 향해 한쪽 손을 장난스럽게 흔들었다.

그리고 잠시 후, 리안의 예상대로 악단의 연주가 멈췄다. 십분간 휴식을 취하겠다는 그들의 말에 낭패한 얼굴을 한 것은 보웬 남작이 유일했다.

리안은 그런 남작이 조금 안쓰러웠지만 원래 사람이란 뿌린 대로 거두는 법이었다.

*　　　　*　　　　*

라키아의 복귀를 축하하는 파티는 일주일간 계속되었다. 파티와는 영 체질이 맞지 않는 라키아지만, 지방에서 올라오는 귀족들이 모두 같은 날 도착하는 것도 아니었고, 힘겹게 온 그들을 고작 하루만 머물게 할 수는 없었다.

"폐하께서 지금 막 당도하셨습니다."

귀족들과 사담을 나누던 라키아에게 알만이 소식을 전해왔다. 리안의 영지에 있어야 할 알만이 이 자리에 있는 이유는 간단했다. 라키아의 복귀 파티를 무사히 치를 수 있도록 도와달라고 리안이 부탁을 했기 때문이다. 역시나 알만은 그런 리안의 기대를 저버리지 않고 현재까지 훌륭히 파티를 잘 이끌어 가고 있었다.

"황태후 마마와 황후 마마께서도 함께 오셨습니다."

알만의 말이 끝나기가 무섭게 정원의 입구가 소란스러워졌다. 예기치 못한 황제의 등장에 당황한 귀족들이 웅성거리며 재빨리 예를 취했다.

라테스의 옆에는 어머니와 부인 말고도 럼블리 백작과 크리스의 모습도 보였다.

"폐하!"

라키아가 황급히 달려가 황제를 맞았다. 누군가를 찾듯 두리번거리던 황제의 얼굴에 그 순간 화색이 돌았다.

"라키아!"

"말씀도 없이 갑자기 어인 일이십니까?"

레지나와 이벨라에게도 서둘러 예를 갖추며 라키아가 물었다. 그러자 그 질문에 마음이 상한 듯 라테스가 퉁명스레 되물었다.

"내가 온 게 싫어?"

"그게 아니라 너무 갑작스러워서……."

"라키아의 복귀를 축하하는 자리잖아. 당연히 내가 와야지."

"……경비를 강화하라 지시하겠습니다."

황제가 올 것을 미리 알았다면 라키아는 가든파티는 열지 않았을 것이다. 사방이 이렇게 뻥 뚫린 곳에 황제를 방치할 수 없었다.

라키아의 멋없는 반응에 라테스는 잠시 인상을 썼지만 별다른 말은 하지 않았다. 어차피 라키아를 말릴 수 없다는 걸 알기 때문이다.

명령을 위해 잠시 자리를 비우는 라키아에게서 시선을 떼며 라테스가 리안의 인사를 받았다.

"오셨습니까, 폐하."

"처남도 내 있을 줄 알았지."

"오빠."

반가워하는 레지나에게 미소로 화답하며 리안이 황태후를 향해 머리를 숙였다. 사돈인 그녀와는 오늘의 자리가 겨우 두 번째 만남이었다.

"황태후 마마께서도 그간 안녕하셨습니까."

"칼리스타 백작 덕분에 나야 잘 있었답니다. 훌륭한 일을 또 하였더군요."

"아닙니다."

"폐하께 칼리스타 백작 같은 분이 있어 다행입니다. 앞으로도 잘 부탁해요."

인자하게 웃으며 말하는 이벨라의 모습은 황태후라기보다 아들을 걱정하는 어머니에 가까웠다.

"황태후 마마, 오랜만에 뵙습니다."

"황후 마마께 인사드립니다. 저는……."

황족의 등장에 다들 처음에는 놀랐지만 이런 기회가 흔치 않다는 건 그들이 더 잘 알았다. 수군거리던 여인들이 자신들을 알리기 위해 속히 다가와 인사를 건넸다.

"비키, 베스!"

그중에는 스페이더 남작의 두 딸인 비키와 베스도 있었다. 반가운 친구들의 모습에 레지나가 활짝 웃으며 그들을 맞았다.

가벼운 인사를 나눈 후 레지나는 레지나대로 젊은층과 어울리며 파티를 즐겼고, 이벨라는 중년의 부인들과 자리를 잡고 아름다운 정원의 풍경을 감상하며 이야기를 나눴다.

그 무리에는 리안의 어머니인 오웬도 있었는데, 무슨 재밌는 얘기를 하는지 웃음소리가 끊이지 않고 흘러나왔다.

"비앙카 양이 어느새 숙녀가 다 되었군요. 보기 좋습니다."

럼블리 백작이 음료수를 내려놓으며 흐뭇한 미소를 머금었다. 그의 시선이 향한 곳에는 레지나는 물론 또래의 소녀들로 둘러싸인 비앙카가 있었다.

"응, 잘 자라줬어."

라테스가 고개를 끄덕였다. 가족을 잃고 우울한 삶을 살면 어쩌나 걱정했던 것이 민망할 정도로 비앙카는 밝고 씩씩하게 컸다.

돌아온 라키아에게 면목을 세우게 해준 비앙카가 라테스는 대견하면서도 고마웠다.

"이렇게 다 모여 있으니 꿈만 같아."

라테스의 눈길이 비앙카에서 레지나에게로, 그리고 바로 옆의 럼블리 백작과 라키아, 리안, 크리스를 순서대로 훑었다. 요 근래 그는 밥을 먹지 않아도 배가 부를 정도였다.

"저도 그렇습니다, 폐하."

크리스의 입에서 나온 말이라고는 믿기지 않을 정도로 부드러운 음성이었다. 그가 라키아를 따뜻한 눈길로 바라보며 미소를 지었다.

"그간 걱정 끼쳐드려 죄송합니다."

"아닐세. 5년 동안 속은 게 억울하긴 하지만 지금이 훨씬 좋다네."

"본의는 아니었습니다."

리안이 겸연쩍은 얼굴로 크리스에게 양해를 구했다. 그도 그럴 것이 마지막 인사를 하고 싶다는 그의 청을 거절하지 못하고 라키아의 시체가 발견된 숲으로 안내까지 했었다. 모든 게 라키아를 위해서이긴 했지만 지금의 상황이 되니 조금은 민망스럽다.

"당연히 이해합니다. 칼리스타 백작님을 원망하는 것이 아니니 오해하지 마십시오."

"공작들을 속이기 위해서 리안도, 저도 어쩔 수가 없었습니다. 이 자리를 빌어서 단장님과 럼블리 백작님께도 감사드립니다. 두 분이 아니었다면 누명을 벗겨내지 못했을 거라고 폐하께서 말씀하시더군요."

"하하, 나보다는 윈체스터 백작이 훨씬 고생했지. 난 별로 한 게 없어."

럼블리 백작이 손을 저으며 모든 공을 크리스에게로 넘겼다. 그러자 크리스가 그렇지 않다며 극구 부정했다.

"아닙니다. 저는 그저 폐하께서 명하시는 대로 따랐을 뿐입니다."

"근위기사단이 수고를 한 것도 맞고, 이반이 힘쓴 것도 사실이잖아. 라키아에게 지금 아니면 이런 소리 듣기 힘들 텐데 왜들 그래?"

평소 누구를 칭찬하는 것도, 고마워하는 것도 드문 라키아였다. 라테스가 그 사실을 꼬집어주자 럼블리 백작과 크리스가 자신들도 모르게 고개를 주억였다. 공감이 간 것이다. 거기엔 리안도 동의했다.

"저도 그렇게 생각합니다."

"처남도 5년이나 같이 살았으면 잘 알겠군."

"네, 폐하. 고맙다는 말에 인색하기도 할 뿐더러 불평불만
도 많더군요."

"그래? 거기까지는 몰랐네."

당연히 알 턱이 없을 것이다. 아무리 천하의 라키아라고 하
지만 어찌 황제에게 불만을 말할 수 있겠는가.

사람들 몰래 자신을 노려보는 라키아의 눈을 피하며 리안이
말을 이었다.

"재밌는 사실은 불평을 하면서도 자신의 할 일은 다 한다는
것입니다. 투덜대는 말 속에도 상대방을 배려하는 마음과 걱
정이 들어 있지요."

"……"

"라키아는 아주 좋은 친구였습니다, 폐하."

5년 동안 라키아는 리안에게 가장 가까운 사람이었다. 어떤
의미에선 가족인 어머니와 레지나보다도 더한 존재였다.

많이 허전할 것이다. 그간 호위기사라는 명목 하에 둘은 거
의 붙어 있다시피 지냈다.

하지만 이제는 가문이 복권되었으니 원래의 자리로 돌아가
야 한다. 그 사실이 서운하고 아쉽긴 하지만 리안은 받아들이
기로 했다.

라키아가 곧은 눈으로 잠시 리안을 응시했다. 그러던 그가 고백하듯 조용한 음성으로 말했다.

"그건 나도 마찬가지야. 리안, 넌 내게 생명의 은인이자 최고의 벗이었다."

"다들 많이 보고 싶어 할 거야."

"아니, 갑자기 왜들 그러십니까? 아주 못 보게 되는 사이처럼."

의도치 않게 분위기가 가라앉자 럼블리 백작이 호들갑스런 음성으로 끼어들었다. 그가 라키아의 등을 툭 치고는 리안의 옆으로 바짝 붙었다.

"그보다 궁금한 것이 있습니다. 3년 전 제가 칼리스타 백작님을 찾아갔을 때 라키아와 마주친 걸 기억하고 계실 겁니다. 그때 제가 왜 알아보지 못한 겁니까?"

4서클의 환각 마법으로 지금까지 사람들을 속여 왔다고 들었다. 럼블리 백작이 초롱초롱 눈을 빛내며 리안의 대답을 기다렸다.

드디어 올 것이 왔구나.

라키아의 복귀가 결정되는 순간 백작이 당연히 이러한 의문을 가질 거라고 리안은 생각하고 있었다. 뭐라고 말해야 할까 수없이 고민을 한 끝에 리안이 내놓은 것은 결국 또 모르는 척하는 것이었다.

"그게 저도 이유를 모르겠습니다."

"에? 그게 무슨 말씀입니까?"

"사실 그때 럼블리 백작님께서 갑작스럽게 찾아오시는 바람에 깜짝 놀랐었습니다. 라키아의 변장이 들킬까 봐 전전긍긍했지요."

"저는 전혀 몰랐는데요?"

"그러니까 말입니다. 몰라보시는 걸 보고 저도 이상하게 여겼습니다. 한편으로는 다행스러운 일이기도 하였지만요."

리안이 오히려 더 의혹스런 표정을 짓자 럼블리 백작이 당황하며 눈을 크게 깜박거렸다.

"4서클의 일루전 마법을 실행하신 것이 맞습니까?"

"네."

"그런데 제가 느끼지 못했다고요?"

끄덕.

그것 참 이상하다며 고개를 갸웃거리던 럼블리 백작의 얼굴이 시간이 지날수록 점점 절망과 좌절감으로 변해갔다. 리안이 그보다 뛰어난 마법사란 것과는 별개의 문제였다.

그는 4서클의 마법을 자신이 알아보지 못했다는 것에 엄청난 충격을 받은 참이었다.

'내가 제대로 살펴보지 못했던 건가? 아니야, 그때 분명 똑똑히 확인을 했어. 그러면 뭐지? 칼리스타 백작님의 마법이 그만큼 완벽해서……? 이런 현상이 일어나는 게 가능한 것인가?'

수많은 생각이 백작의 머릿속을 헤집고 다녔다. 용언마법의 힘 덕분이라고 차마 고백할 수 없었던 리안은 그저 미안한 눈으로 백작을 바라볼 수밖에 없었다.

"키넌은…… 녀석은 어떻게 지내고 있습니까?"

럼블리 백작이 키넌에 대해 물은 것은 그로부터 제법 긴 시간이 흐른 뒤였다. 백작과 리안이 마법에 대해 마음 편히 대화를 나눌 수 있도록 배려하기 위해선지 황제는 라키아와 크리스를 대동한 채 다른 귀족들이 있는 곳으로 자리를 옮긴 상태였다.

"생각보다 잘 지내고 있으니 염려하실 필요 없습니다."

"칼리스타 백작님을 두려워하는 건 여전한가요?"

"전보다는 많이 나아졌습니다. 식사도 거르지 않고 꼬박꼬박 하고 있고 거동에도 불편함이 없습니다. 공작들의 눈에 띄지 않도록 특별히 제가 손을 써놨으니 안심하셔도 좋을 겁니다."

"녀석이 얼른 정신을 차려야 할 텐데……."

키넌을 떠올리니 럼블리 백작은 다소 침울해졌다. 그때 알만이 새로운 손님의 등장을 알려왔다.

"글렌 나이드 폰 타운젠드 백작님과 레베카 폰 스웨르겐 양께서 오셨습니다."

리안이 라키아를 돌아보니 이미 전해들은 듯 글렌에게로 걸어가는 뒷모습이 보였다. 오늘 파티의 주인공인 만큼 그에게는 손님을 맞아야 할 책임이 있었다.

"웬일이랍니까. 저 둘이 오다니요."

럼블리 백작이 마음에 안 든다는 듯 입술을 오므렸다. 오늘 처음 파티에 참석한 백작은 모르겠지만 레베카의 방문은 이번이 처음이 아니었다.

"글쎄요. 타운젠드 백작은 좀 의외이긴 합니다만, 레베카 양이라면 연속 사흘째 참석하는 중입니다."

"연속 사흘을요?"

"네."

"허허, 레베카 양이 이토록 자주 파티장에 모습을 보이다니 그것 참 드문 일이군요."

"안 그래도 지금쯤이면 벌써 어딘가로 여행을 떠났어야 하는데 황도에 남았다며 다들 수군거리긴 하더군요."

그것이 꿈에도 자신 때문이라고는 생각하지 못한 채 리안이 궁금한 표정을 지었다.

"형식상 타운젠드 공작에게도 초대장을 보냈다고 하더니 아들인 백작이 대신 온 모양입니다. 어제는 맥카시 공작 대신 콘로이 자작이 왔더군요."

시침을 뚝 떼며 라키아의 복귀를 진정으로 축하한다는 자작의 말 때문에 한순간 분위기가 싸해졌었다. 글렌은 무슨 말로 라키아의 심기를 어지럽힐지 리안은 내심 걱정스러웠다.

'그러고 보니……'

리안은 문득 레지나가 성혼을 올리던 날, 황태후를 바라보던 글렌의 눈빛이 생각났다. 자연스레 리안의 시선이 황태후를 찾아 주위를 훑었다.

그러나 조금 전까지만 해도 부인들과 담소를 나누고 있던 황태후의 모습이 어디에도 보이지 않았다.

"참, 아카데미 일은 어떤가요? 제자들이 잘 가르치고는 있습니까?"

"아, 그럼요. 물론입니다. 제자 분들에 대해서는 조금도 걱정하실 필요 없습니다."

럼블리 백작의 질문 때문에 리안의 의문은 계속되지 못했다. 리안은 생각했던 것보다 그들이 매우 잘 하고 있다는 말로 백작을 안심시키며, 그에게 조만간 특별 강연을 해줄 것을 부탁했다. 입학생을 받으면서 약속한 사항이니 리안에게는 지킬 의무가 있었다.

"당연히 가야지요. 폐하께 말씀드려 시간을 내도록 하겠습니다."

"기다리고 있겠습니다. 오시는 김에 제게 물어보실 것도 정리해 오십시오. 저도 영지로 가봐야 하니 겸사겸사 봐드리겠습니다."

"그래주신다면야 저야 감사하지요."

럼블리 백작이 리안의 두 손을 덥석 잡으며 커다란 눈을 반짝였다. 그런 그의 뒤로 어딘가로 향하는 글렌의 모습이 리안의 시야에 잡혔다.

"이 손은 좀……."

주변의 시선을 의식해서 리안이 손을 놓으려 했으나 눈치 없는 백작에게 통할 리가 없었다. 한동안 리안은 백작에게 잡혀 진땀을 빼야 했다.

휘이잉.

서늘한 밤바람에 커튼 자락이 사라락 소리를 내며 휘날렸다. 얼굴 위로 흘러내리는 머리칼을 조용히 손으로 쓸어 넘기며 이벨라가 창밖의 정원을 무심히 내려다봤다.

라이트 마법 덕분인지 오히려 저택 안이 바깥보다 더욱 어둡게 느껴졌다. 사람들의 웃음소리가 메아리치듯 그녀의 귀를 간질였다.

딸깍.

그렇게 얼마나 있었을까. 고요한 적막을 깨며 등 뒤로 문이 열렸다. 이벨라는 돌아보지 않은 채 한숨을 내쉬었다.

"라우리아, 잠시 혼자 있겠다고 했잖아. 곧 갈 테니까 나가 있어."

"……."

"저택 전체를 병사가 둘러싸고 있다는 말 듣지 못했어? 아무 일도 일어나지 않으니까 걱정하지 마."

"……."

"라우리아, 너 정말……."

시간을 주었음에도 나가는 소리가 들리지 않았다. 결국 이벨라가 참지 못하고 화를 내며 돌아섰다.

근 십 년 만의 황궁 밖으로의 외출이었다. 그동안 단 한순간도 혼자인 적이 없었다. 오늘만이라도 그녀는 정말이지 혼자이고 싶었다. 라우리아를 아무리 아낀다지만 이번은 참기 힘들었다.

"내……!"

그러나 돌아선 이벨라의 눈에 들어온 것은 라우리아가 아니었다. 문 앞에 선 채 그녀를 보고 있는 사람.

그였다. 글렌 나이드 폰 타운젠드 백작.

타운젠드 공작의 하나뿐인 아들.

"글렌……."

이벨라의 입에서 지금껏 들어보지 못한 쉰 목소리가 새어나왔다.

그녀는 자신의 눈을 믿을 수가 없었다. 오늘 이곳에 글렌이 올 거라고는 전혀 생각하지 못했다. 그가 이처럼 자신을 찾아올 거라고는 더더욱 상상조차 하지 못했다.

"건강해 보이는군."

한참을 말없이 쳐다보기만 하던 글렌이 이윽고 입을 열었다. 그의 표정은 읽기가 어려웠다. 다만 씹어뱉듯 말하는 어투가 그리 반가워 보이지만은 않았다.

"덕분에요."

"훗, 덕분이라⋯⋯."

예의상 하는 말인 줄 알면서도 글렌은 웃음이 튀어나왔다. 늘 그렇듯 그가 웃자 한쪽 볼에 보조개가 파였다.

이벨라의 눈빛이 흔들렸다. 그 보조개는 그녀로 하여금 떠올리고 싶지 않은 기억을 떠올리게 했다.

저벅저벅.

갑자기 글렌이 이벨라를 향해 걸어왔다. 한 걸음 한 걸음 가까워질수록 그녀의 심장이 세차게 뛰었다. 차마 마주 오는 그를 볼 수가 없어서 이벨라는 눈을 감았다.

'아아, 폐하⋯⋯.'

제7화

의혹과 약점

"여전히 그는 칼리스타 백작의 호위기사 놀이를 하는 중입니다. 그러니 너무 걱정하지 마십시오. 아무도 그가 누구인지 모를 뿐더러 관심을 보이지도 않습니다."

차이가 들었다면 기분 상했을 말을 스웨르겐 백작이 담담한 어조로 내뱉었다.

"아직 속단하기는 이르네."

타운젠드 공작이 그런 백작을 진지한 눈빛으로 바라봤다.

"그날 같이 있어 보고도 모르겠나?"

"……?"

"일개 호위기사라고 하기엔 그의 존재감은 보통이 아니네.

누구나 한 번 보면 쉽게 잊지 못하고 그를 기억하지. 몰래 뒷조사를 해 보는 귀족들이 틀림없이 있을 것이네."

"그런 자들이 있긴 하겠지만 조사해 봤자 나올 게 없습니다. 후작에 대한 정보망을 차단하는 데 들어가는 돈이 매해 얼마인지는 장인어른께서 누구보다 잘 아시지 아십니까? 더욱이 칼리스타 백작은 무척 철저한 사람입니다. 바다향기를 감추어온 것처럼 후작에 대해서도 철저히 함구할 테죠. 그것이 후작 또한 바라는 일이고요."

"하긴, 후작도 자기 입으로 이전과 크게 달라지는 것은 없을 거라고 했습니다. 주의를 기울일 필요는 있겠지만, 매형 말씀처럼 크게 걱정하실 건 없다고 저도 생각합니다."

지금껏 잠자코 있던 글렌이 백작을 거들고 나서자 공작이 인상을 쓰며 혀를 찼다.

"쯧쯧, 이렇게 한심하기는. 그가 어떤 자인지 알고도 그런 소리가 나온단 말이냐?"

"아버지, 저도 물론 잘 압니다. 하지만……."

"내가 지금의 네 나이였을 때 그를 만난 적이 있다. 거기엔 맥카시 공작도 있었지. 그때 이 아비가 얼마나 순진했는지 아느냐?"

아버지가 순진하셨다고?

공작의 어울리지 않는 단어 선택에 글렌은 물론 스웨르겐 백작이 고개를 갸웃하며 눈을 크게 떴다.

"아마 지금의 너와 비슷했던 것 같다. 후작을 두려워했지만 그의 진정한 무서움은 몰랐던 게지."

공작의 말투에는 회한이 서려 있었다.

"맥카시 공작과 난 그때 처음이자 마지막으로 뜻을 같이 했었다. 그를 없애기로 말이다."

"……!"

"자, 장인어른!"

"그래, 아주 한심한 생각이었지. 그땐 왠지 그의 존재를 견딜 수가 없었거든. 지금 생각해 보면 나보다 우월한 존재가 있다는 게 싫었던 것 같기도 하다."

타운젠드 공작이 자조 섞인 웃음을 지으며 잠시 말을 멈췄다.

"그래서 어떻게 되었습니까?"

그 잠깐의 궁금함을 참지 못하고 글렌이 물었다. 공작이 내리깔았던 눈을 들어 자신의 아들을 쳐다봤다.

"어떻게 되었을 것 같으냐?"

"그야……."

글렌은 말을 잇지 못했다. 공작의 눈에서 무언가를 본 탓이다. 언제나 크고 거대하게만 느껴지던 아버지에게서 그가 본 것은 '공포'였다.

사실 따지고 보면 굳이 물을 필요도 없는 것이었다. 후작은 아직 살아 있고 아버지는 전보다 더욱 그를 두려워하신다. 괜한 걸 물었다는 찝찝함에 글렌이 침을 삼킬 때 공작이 말했다.

"전멸했다."

"아버지……."

"나와 맥카시 공작만 살고 전부 다 죽었지. 그때 데려간 인원이 몇이었는지 아느냐?"

글렌과 스웨르겐 백작은 고개를 저었다. 공작도 답을 바라고 물은 것은 아니었다.

"맥카시 공작 측과 합쳐 무려 병사 이백에 기사단이 둘이었다. 난 피닉스 기사단을, 맥카시 공작은 아이언 기사단을 데려갔지."

"헉……!"

글렌과 백작의 몸이 충격으로 부르르 떨렸다. 그도 그럴 것이 피닉스 기사단과 아이언 기사단이라면 공작들이 가장 공을 들여 키운 기사단이었다.

병사 이백은 그렇다 치더라도 그들은 그렇게 쉽게 당해서는 안 되는 것이다.

"기사단의 실력이야 둘 다 잘 알 것이고, 함께 간 일반 병사들 또한 특별히 훈련된 정예병들이었다. 그들이 모두 한날한시에 죽었지."

"어떻게 그런 일이……."

글렌은 도무지 상상이 되질 않았다. 아무리 상대가 소드 마스터라지만 그 많은 인원을, 더욱이 정예로 구성된 병력을 혼자서 몰살시키다니 믿을 수가 없다.

그 심정을 충분히 알겠다는 듯 공작이 말을 이었다.

"내 눈으로 직접 보았다. 후작도 마치 똑똑히 보라는 듯 우리는 털끝 하나도 건드리지 않더구나. 그건 도륙이자 학살이었다. 마법의 무서움을 그때 절실히 깨달았지."

"마법이요?"

"그래, 그가 마검사가 아니라 단순한 소드 마스터였다면 그런 참혹한 결과가 나지는 않았을 게다. 대량 살상은 거의 전부가 마법으로 이뤄졌었다."

비참했던 그때의 기억이 떠오르자 공작은 자신도 모르게 낮은 신음을 터뜨렸다.

글렌과 스웨르겐 백작은 모르겠지만 공작은 그날 이후 새로운 피닉스 기사단을 탄생시켰다. 다시는 같은 수모를 당하지 않기 위해서.

죽어간 수하들의 모습이 가슴에 못이 되어 아직도 공작을 건드리고 있었다.

"아비는 그때 알았다. 후작이 건드려서는 안 되는 자임을. 그리고 반드시 사라져야 할 존재라는 것도."

그날 차이는 분명 자신과 맥카시 공작을 죽일 수도 있었다. 기사단도 막지 못한 그를 공작 둘이서 이겨내기란 불가능했다.

하지만 그는 그렇게 하지 않았다.

온몸을 붉은 피로 적신 채 유유히 돌아서기 전, 그는 딱 한 번 공작들을 향해 시선을 건넸다.

그것이 다시는 자신을 건드리지 말라는 경고라는 걸 공작들은 알 수 있었다. 만일 또다시 귀찮게 한다면 그때야말로 자신들이 세상에서 지워지리란 것을 둘 모두 뼈저리게 실감한 날이었다.

"혹시 아버지의 생신 때 마리오네시에서 자취를 감춘 것도 마법이 아니었을까요?"

마법의 무서움이 어느 정도일지 글렌은 감이 잡히지 않았지만, 아버지의 말을 듣다 보니 떠오르는 것이 있었다.

"여관에서 흔적도 없이 사라진 것 말입니다. 그들은 분명 황도로 향했습니다. 지금 황도에 머물고 있는 것이 그것을 증명합니다. 그런데 황도로 이동한 행적이 아무 데도 없다니 이상하지 않습니까?"

"처남, 설마 그들이 워프 마법이라도 썼다는 것입니까?"

"말이 안 된다는 거 저도 잘 압니다. 워프 마법은 7서클부터 가능한 마법이니까요. 하지만 만약 속이고 있다면요? 크라우저 후작이나 칼리스타 백작이 사실은 5서클 마법사가 아니라, 7서클의 마법사라면 가능한 것 아닙니까? 저는 그 마법사가 후작이라는 데에 약간 더 기울긴 합니다. 그간 더 발전을 했을 수도 있으니까요."

"7서클은 너무 지나친 억측입니다. 처남 말대로 그들은 5서클이지 6서클이 아닙니다. 6서클도 믿기 어려울 판에 7서클이라니요. 당치도 않습니다."

절대 그럴 리 없다며 확언하는 백작을 향해 글렌은 한숨을 내쉬며 덧붙였다.

"매형, 제 말은 그럴지도 모른다는 거지 꼭 그렇다는 것이 아닙니다. 마치 하늘로 솟기라도 한 듯 자취를 감춘 그들이 매형은 신기하지도 않습니까?"

"저도 물론 이상하긴 합니다. 미행을 따돌린 것으로도 모자라 흔적도 없이 사라졌으니 기가 막힐 노릇이죠. 하지만 워프 마법은 절대 아닐 겁니다."

"그건 나도 같은 생각이다. 마법은 드래곤의 멸종 이후로 빠르게 쇠퇴의 길을 길었다. 아무리 칼리스타 백작이 천재이고, 후작이 오랜 세월을 살았다고 해도 7서클 마법사의 탄생은 어렵다고 본다."

"하지만 만일이라는 것이 있습니다. 어려운 것이지 불가능한 건 아니지 않습니까?"

글렌은 오랜만에 흥미가 돋았다.

마법이라는 것. 검사인 그에게는 전무한 분야였지만 실마리가 왠지 그쪽에 있을 것 같았다.

"제가 직접 사람을 풀어 알아보겠습니다. 후작도 후작이지만, 칼리스타 백작은 매번 사람을 놀라게 하는 자입니다. 그 나이에 5서클의 마법사도 되었는데, 7서클의 마법사가 되지 말라는 법은 없다고 생각합니다."

글렌은 고집을 꺾지 않았다.

"예전에 책에서 어렴풋이 본 기억이 납니다. 두 명 이상이 워프 마법을 하려면 마법진이 꼭 필요하다더군요. 그걸 한번 찾아봐야겠습니다."

"저는 마법진이라는 걸 평생 본 적도 없습니다. 어떻게 찾으시려는 겁니까?"

스웨르겐 백작의 물음에 글렌이 빙긋이 웃으며 어깨를 으쓱였다.

"별로 어려울 건 없습니다. 특이한 형태의 그림이나 마법 문자, 그러니까 룬어가 되겠군요. 그런 것들이 그려져 있는 걸 찾으면 되니까요. 일반인들의 눈에도 잘 보인다고 하더군요. 게다가 특성상 비바람에도 잘 지워지지 않는다고 합니다."

"정말 해 볼 작정인 게냐?"

"네, 아버지. 아니라면 좋겠지만 만약이라는 것이 있으니까요."

글렌이 이토록 뭔가를 하겠다고 의지를 불태우는 것도 드문 일이었다. 아들의 의욕에 찬물을 끼얹고 싶지는 않았기에 공작은 결국 뜻대로 하라며 고개를 끄덕였다.

"완벽해서 나쁠 건 없지."

그것은 평소 공작의 가르침이기도 했다.

똑똑.

그때 집무실을 두드리는 노크소리가 들렸다.

"맥브라이드 남작이 왔는가 보군."

공작의 예상대로 문을 열고 들어온 이는 맥브라이드 남작이었다. 그는 공작의 명으로 어젯밤 라키아가 여는 가든파티에 참석하고 오는 길이었다.

"왔는가."

"네, 공작 전하."

"어서 앉게."

글렌과 스웨르겐 백작에게 눈치껏 인사를 하며 남작이 자리에 앉았다.

"그래, 사람들은 많이 왔던가?"

"정원의 규모가 워낙 큰 탓에 정확한 인원수는 모르겠지만, 제가 돌아갈 때까지도 손님들의 발길이 계속 이어졌습니다. 분위기가 무척 좋더군요."

남작은 은은한 아름다움을 풍기던 정원의 모습을 기억에서 지우려 애쓰며 자신이 본 중요 인사들에 대해 조목조목 차근하게 나열했다. 그럴수록 공작의 표정은 점점 어두워졌다.

"어떻게 꾀였는지는 몰라도 완벽히 우리 측 사람이라 여겼던 귀족들이 상당수 보였습니다. 그건 맥카시 공작 측도 마찬가지고요."

"맥브라이드 남작님의 말씀이 정녕 사실이라면 이건 큰 문제입니다."

스웨르겐 백작이 심각한 어조로 모두를 돌아보며 말했다.

"파티에 참석했다고 해서 꼭 돌아섰다고 볼 수는 없지만, 제가 알기로 칼리스타 뱅크와 상단에 도움을 받은 귀족들이 적지 않습니다. 그리고 황제는 라키아가 돌아옴으로써 날개를 달았지요. 돌아서겠다고 마음을 먹으려면 지금이 딱 적기라는 얘기입니다."

"뱅크와 상단뿐이 아닙니다. 가문에 위중한 병을 앓고 있는 환자가 있는 귀족이라면 전부 돌아설 거라고 보시면 됩니다. 아무나 치료를 해주지는 않지만, 정말로 도움이 필요한 자들에겐 칼리스타 백작이 성의껏 치료를 해주고 있답니다."

"라키아 경이 칼리스타 백작의 덕을 보고 있군요."

"맞습니다. 게다가 며칠 전에 폐하께서 황후 마마와 황태후 마마를 모시고 직접 오시지 않았습니까. 황족이 참석한 파티는 가치가 올라가기 마련입니다. 눈치만 보던 귀족들도 하나 둘 움직이기 시작했습니다."

"파티가 다 똑같은 것을……."

공작이 인상을 찌푸리며 중얼거릴 때 맥브라이드 남작이 막 생각났다는 듯 글렌을 보며 물었다.

"그러고 보니 폐하께서 참석하신 날 타운젠드 백작님도 가셨다면서요? 그날 분위기는 어땠습니까?"

의도한 것은 아니겠지만 남작의 그 물음은 두 사람에게 큰 영향을 끼쳤다. 타운젠드 공작이 아들을 향해 눈 꼬리를 올렸고, 글렌은 반대로 두 눈을 내리깔았다.

"거기에 갔었더냐?"

공작의 음성은 조금 전과는 판이하게 달랐다. 글렌은 여전히 아버지의 시선을 피한 채 작은 목소리로 대답했다.

"……네."

두 부자의 수상한 분위기를 맥브라이드 남작은 몰라도 스웨르겐 백작은 단박에 눈치 챘다. 이유는 알 수 없지만 왠지 글렌을 도와줘야 할 것 같아 그가 입을 열었다.

"안 그래도 레베카에게 들었습니다. 처남, 녀석이 같이 가자고 졸랐다면서요?"

"레베카가?"

"네, 장인어른. 무슨 바람이 불었는지 요즘 매일같이 라키아 경의 파티에 참석하고 있습니다. 그날은 마침 같이 갈 마땅한 파트너가 없어 처남에게 부탁을 했던 모양입니다."

레베카가 라키아의 복귀 파티에 연일 눈도장을 찍고 있는 건 공작도 아는 사실이었다. 칼리스타 백작에게 관심을 보이던 손녀딸의 모습이 떠오르자 공작은 머리가 아파왔다. 그런 것도 모른 채 스웨르겐 백작이 아내 얘기를 꺼냈다.

"어젯밤 안사람이 레베카도 이제 그만 시집을 보내야 하는 것 아니냐고 말하더군요."

"스물두 살이면 시집 갈 나이가 되기는 했지."

눈에 넣어도 아프지 않을 손녀딸이다. 아까워 누구에게도 주고 싶지 않지만 그렇다고 혼자서 늙어가는 꼴을 보고 싶지도 않았다.

"저, 그래서 말입니다. 장인어른께서는 칼리스타 백작을 어떻게 생각하십니까?"

"……설마 그 질문은 내 손녀사위로 그가 어떠냐고 묻는 것인가?"

공작의 부리부리한 눈을 차마 마주할 수 없어 백작은 슬쩍 고개를 숙였다.

노여워하실 줄 알았다. 칼리스타 백작은 만인이 인정하는 황제의 사람이었다. 여동생까지 황제에게 시집을 보내지 않았던가.

다 알면서도 백작이 물은 것은 그럴 수밖에 없기 때문이었다. 불행히도 그는 아내인 캐러다인 공녀의 고집을 꺾을 수가 없었다.

"혹시나 해서 말씀드립니다만, 제 뜻이 아닙니다……."

"자네 뜻이 아니라면 어째…… 설마, 캐러다인?"

"……."

타운젠드 공작은 눈을 감았다. 아름다운 것에 집착하는 딸의 성정은 누구보다도 그가 잘 알았다. 그 집착 때문에 지금의 스웨르겐 백작도 있는 것이다.

칼리스타 백작의 곱상한 외모는 딸의 마음을 흔들리게 하기에 충분했다. 더욱이 지금은 레베카까지 관심을 보이고 있다.

공작이 손가락으로 관자놀이를 꾹꾹 누르며 말했다.

"지금 당장 캐러다인과 레베카를 건너오라 이르게."

눈에 흙이 들어가면 들어갔지 칼리스타 백작을 손녀사위로 들일 수는 없었다. 스웨르겐 백작 때는 지고 말았지만 이번만큼은 절대 안 되었다.

황실과 사돈을 맺은 가문과 어찌 손을 잡는단 말인가? 그것은 절대 있을 수 없는 일이었다.

일을 더 크게 부풀리기 전에 따끔하게 못을 박아야겠다고 공작은 다짐했다.

"그게 오늘 아침 일이 생겨 영지로 떠났습니다. 이삼 주는 있어야 도착할 것 같은데……."

"둘이 같이 말인가?"

"네."

"그렇게 둘러대라고 시킨 건 아니고?"

"……아닙니다."

남들은 몰라도 타운젠드 공작은 안다. 스웨르겐 백작이 자신의 딸에게 얼마나 꽉 잡혀 사는지를. 사위의 한 템포 늦은 대답에서 그것이 거짓임을 공작은 한눈에 간파했다.

"알겠네. 자네는 여기 있게. 내가 자네 집으로 직접 가보도록 하지."

"자, 장인어른!"

스웨르겐 백작이 급히 일어섰지만 공작을 제지할 수는 없었다. 공작이 큰 보폭으로 한순간에 그곳을 벗어났다.

"처남, 장인어른께서 많이 화나신 것 같은데 자네가 가보면 안 되겠나?"

아내의 불같은 성격은 아버지인 공작을 꼭 빼닮은 것이었다. 지금 상태로 두 부녀가 만난다면 크게 싸움을 하고도 남았다.

"오늘은 제가 안 가는 게 오히려 매형을 도와드리는 겁니다. 저 때문에 괜히 죄송하네요."

백작이 글렌을 애처롭게 쳐다보았으나 글렌은 도리질을 치며 백작의 어깨에 손을 얹었다. 그때까지 집안싸움에 끼어들 수 없어 조용히 침묵을 지키던 맥브라이드 남작이 조심히 일어나 자리를 피했다.

"하아, 당분간 집이 또 시끄럽겠구나."

양쪽에서 시달릴 것을 생각하자 백작은 벌써부터 뒷골이 시렸다. 레베카가 아무리 좋다고 해도 리안이 거절하면 끝이라는 것을, 반대하는 공작이나 중간에 낀 백작이나 추진하는 두 모녀나 아무도 모르는 듯했다.

*　　　　*　　　　*

맥카시 공작 가문의 선조는 가난한 농부의 아들로 태어났으나, 어린 시절 아들이 없던 상인 집안에 양자로 들어가 가업을 이으면서 큰 부를 이룬 사람이었다.

제국이 전쟁에 휩쓸렸을 때 막대한 양의 물자를 조달한 공으로 작위를 받고 귀족가로 탈바꿈한 공작가는 그 이후로 쭉 제국의 명문가로 사람들에게 이름을 알려왔다.

선조의 영향 때문인지 맥카시 공작가는 정계뿐 아니라 재계에서의 활동도 아주 활발했다. 투자 규모는 말할 것도 없고, 직접 운영하는 사업체의 수만 해도 수십 곳이나 되었다. 달마다 벌어들이는 수익금은 일반인이 상상할 수도 없는 수치였다.

하지만 어쩐 일인지 보고서를 읽어 내려가는 맥카시 공작의 표정은 그리 좋지 못했다. 싸늘한 눈매하며 꽉 다물어진 입술이 그가 화가 났음을 여실히 보여주었다.

탁!

중간 중간 집어던지고 싶은 걸 애써 참은 보람이 없었다. 공작이 보고서를 팽개치듯 내려놓으며 설리번을 향해 고개를 들었다.

"지난달보다 나아진 게 전혀 없군."

"……"

"오히려 매출이 반으로 뚝 떨어졌어. 역시나 그쪽 때문인가?"

"죄송합니다."

"하하, 반대로 그쪽은 매출이 쑥 올랐겠군그래."

팔걸이를 쥐고 있던 맥카시 공작의 손등에 파란 힘줄이 돋아났다. 입으로는 소리 내어 웃고 있지만 그의 눈은 전혀 웃고 있지 않았다.

설리번이 긴장된 목소리로 조심조심 입을 열었다.

"라키아의 복귀로 칼리스타 백작의 사업이 한 단계 더 도약했다고 보시면 됩니다. 백작이 라키아의 생명을 구했다는 소문이 퍼지자마자 손님이 몇 배로 늘었습니다. 더 심한 손실을 입기 전에 규모를 줄여야 할 것 같습니다."

이전부터 이미 손님은 줄어들고 있었다. 라키아의 복귀는 그런 상황에 쐐기를 박은 꼴이었다.

"아무것도 해 보지 않고 규모부터 줄이자는 겐가?"

공작의 음성에는 불만과 짜증이 가득했다. 칼리스타 백작은 불과 몇 년 전에만 해도 존재 자체를 모르던 애송이였다. 그런 애송이에게 계속 당하고만 있으니 그 속이 어찌 편할 수 있겠는가.

"공작 전하, 진작부터 기미는 있었습니다. 손해를 막기 위해서 지금은 일단…… 흡!"

설리번은 급히 자신의 입을 틀어막았다. 그런 그를 싸늘한 눈초리로 바라보며 공작이 느릿한 음성을 뱉었다.

"일시적인 현상일 수도 있으니 모든 사업체를 현 상태로 유지하고, 지금 상황을 이겨낼 수 있는 방법을 연구해 보도록. 예전처럼 직원들에게 공모를 해도 좋겠군. 상금을 거하게 내

걸면 참여도가 높겠지."

"명대로 하겠습니다."

"칼리스타 백작의 자금 현황에 대해서도 될 수 있는 한 자세히 알아오게. 재정 상태가 어느 정도로 불어났는지 샅샅이 알아야겠어."

"알겠습니다."

오늘 같은 날은 정신 차리지 않으면 불호령이 떨어지기 딱 좋았다. 조금 전의 실언을 뼈저리게 후회하며 설리번이 목소리를 높였다.

"아 참, 그건 어찌 되었나? 묘인족이 확실한가?"

맥카시 공작의 시선이 설리번이 아닌 콘로이 자작에게로 향했다. 사업에는 거의 관여하는 바가 없기에 지금껏 잠자코 있던 자작이 그제야 눈을 들어 공작을 바라봤다.

"네, 공작 전하. 그들이 실제로 변하는 모습을 본 자는 없지만, 칼리스타 백작의 영지에 가보니 황금색 고양이를 보았다는 자들이 수두룩합니다. 아마도 아사라는 이름의 금발머리 소년이 아닐까 추측하고 있습니다."

"묘인족은 고양이나 인간으로 화하는 것을 보지 못하면 짐작할 길이 전혀 없다고 하던데, 그렇게 확신해도 되는가?"

"그렇다고는 저도 들었습니다만, 인간들과 어울릴 때의 어딘지 부자연스러운 모습하며 평범하지 않은 분위기, 결정적으로 머리에 두르고 있는 터번이라는 것이 그들 묘인족들만의 독특한 차림새입니다. 그리고 저는 아직까지 황금색 고양이가 실존한다는 얘기는 들어보지 못했습니다."

콘로이 자작이 아사를 보고 처음부터 묘인족이라고 생각한 것은 아니었다. 아사의 정체에 대해 알게 된 것은 아주 우연이었다.

그는 공작의 명으로 리안에 대해 철저한 집중 조사에 들어간 참이었다. 그의 과거 행적은 물론 가족과 수하, 가까운 측근들까지 아주 꼼꼼한 보고서를 작성하는 중이었다.

그러다가 2년 전쯤 성에 나타났다는 황금색 고양이에 대해 알게 되었다. 그리고 그와 비슷한 시기에 아사라는 소년이 등장한 것도.

묘인족을 실제로 본 적은 없지만 그들이 터번을 즐겨 쓰며 하나같이 매우 아름답게 생겼다는 것을 자작은 알고 있었다.

그래도 터번을 쓴 존재가 셋이 아닌 하나였다면 아마 묘인족과 연결시키지 않았을지도 모른다. 그만큼 묘인족은 보기 드문 종족이었다.

어느 것 하나 분명한 것은 없지만 자작은 그들이 묘인족임을 거의 확신하고 있었다.

"흐음, 묘인족이라……."

안 그래도 어수선한 머리가 더 복잡해지게 생겼다. 인간들과 확실한 벽을 쌓고 있는 그들이 왜 하필이면 칼리스타 백작과 함께 있는지 공작은 궁금하면서도 기가 막혔다.

"혹 칼리스타 백작이 그들과 거래를 튼 건 아닐까요?"

아까의 실수를 어떤 식으로든 만회를 해 보고자 기회를 엿보던 설리번이 불쑥 끼어들었다.

"거래?"

"네, 공작 전하. 묘인족과의 거래를 튼 상단이 조엘 상단을 비롯해 몇 군데가 더 있지 않습니까. 그들이 인간과 어울리지는 않지만, 인간이 만든 물건에는 상당히 관심이 많다고 들었습니다."

"칼리스타 상단에서 묘인족과 관련된 상품이 시판 중인가?"

"지금은 아닙니다만 저도 가능성은 있다고 판단됩니다."

콘로이 자작이 도와주자 설리번이 신이 나서 말을 이었다.

"지금은 계획 단계일 수도 있습니다. 칼리스타 백작은 준비성이 투철한 데다가 획기적인 기획을 내놓는 편입니다. 그쪽으로 당장 사람을 풀어 알아보도록 하겠습니다."

"그렇게 하게."

맥카시 공작의 순순한 허락에 설리번이 고개를 숙이며 의욕을 불태웠다.

"키넌과 후작에 이어 이제는 묘인족까지. 후우, 알아야 할 게 너무 많군."

공작의 한탄조에 콘로이 자작이 송구한 표정을 지었다. 그에 반해 설리번이 눈을 빛내며 물었다.

"공작 전하께서는 키넌이 아직 살아 있다고 생각하시는 겁니까?"

"자네는 아닌가?"

"물론 저도 살아 있다고 생각합니다. 칼리스타 백작이 죽었다고 말했지만 왠지 거짓말 같습니다."

"특별한 이유가 있나?"

"그냥 느낌이 그렇습니다. 사람들 말이 영지민을 제 몸같이 여기는 영주라지 않습니까. 그런 자들 특성이 누구를 죽이거나 하는 일을 잘 못하지요."

설리번의 말투에는 한심하다는 기색이 역력했다. 그때 콘로이 자작은 번개가 치듯 머릿속이 환해졌다.

"아! 그게 아닐까요?"

"네?"

자작의 뜬금없는 물음에 설리번이 인상을 찌푸리며 그를 바라봤다.

"영지민을 제 몸같이 여기는 영주, 그거 말입니다. 그게 약점이 아닐까요?"

"약점?"

맥카시 공작의 눈이 크게 떠졌다.

"공작 전하, 평민과 하층민을 위하는 칼리스타 백작의 행동은 이미 정평이 나 있습니다. 칼리스타 뱅크는 시작부터가 서민들을 위한 뱅크였고, 칼리스타 상단은 곡물가를 바로잡아 굶주리는 백성을 살려냈습니다. 바다향기는 또 어떻습니까.

귀족들도 먹기 힘들었던 해산물을 일반 서민들에게까지 먹을 수 있게 만들었습니다. 더 설명드려야 합니까?"

"콘로이 자작님의 뜻은 잘 알겠습니다만 그래도 그것이 약점이라니요. 제가 볼 때 칼리스타 백작은 사업 방향을 그렇게 정한 겁니다. 세상에 그런 귀족이 어디 있습니까?"

설리번이 말도 안 된다며 손사래를 쳤다.

"설리번 경, 경께서도 칼리스타 백작의 십대 시절에 대한 보고서를 보셨다면 아실 겁니다. 열다섯 살까지 백작은 영지에서 알아주는 망나니였습니다."

"개과천선에 대해 말씀하시는 거라면 이미 알고 있습니다. 일찍부터 술과 여인을 탐해 영지 경영에는 아무런 관심도 없다가 갑자기 어느 순간부터 정신을 차렸다지요?"

"네, 맞습니다. 칼리스타 백작이 그때쯤 처음으로 시행한 것이 하인들의 의식주를 바꾸는 것이었습니다. 모든 하인들에게 영양가 있는 음식을 먹이고, 따뜻한 옷에다가 그들이 편히 쉴 수 있는 숙소까지 따로 만들었죠. 그는 보통의 귀족들하고는 사고 자체가 다릅니다."

"자기 백성을 아끼는 영주가 칼리스타 백작만 있는 것은 아닙니다. 그가 좀 유별난 건 인정하겠습니다만, 그렇다고 그것을 가지고 약점이라고 하기에는 너무 말이 안 되지 않습니까?"

"생각해 보면 그가 마법사임을 드러낸 것도 같은 맥락입니다."

"같은 맥락?"

"네, 공작 전하. 당시 입학식이 거행되던 강당에는 많은 인파가 모여 있었습니다. 학생과 귀족은 물론 거기엔 백작의 영지민들도 다수 포함되어 있었지요. 백작이 그때 마법을 사용한 건 어쩔 수가 없어섭니다. 영지민들을 다치게 할 수는 없으니까요."

죽어가던 사람을 치료 마법으로 구해주었다는 얘기는 콘로이 자작이 굳이 하지 않아도 되었다. 표정을 보니 이미 많은 것들이 공작의 머릿속을 오가고 있었다. 그런 공작의 입가에는 참으로 오랜만에 비릿한 미소가 걸려 있었다.

제8화

평화로운
한때

사람들이 꽉 들어찬 강의실 안.

"저기 앉아 있는 저놈이 바로 제 자식 놈입니다."

그곳의 맨 뒤쪽에서 리안은 벌써 몇 번째 같은 종류의 말을 반복해서 듣고 있었다.

'저기 컬린이 있네요.'

'저 녀석이 제 아들이라는 게 믿겨지지가 않습니다.'

'저 뒤태 좀 보십시오. 우등 학생다운 면모가 보이지 않으십니까?'

컬린을 가리키며 쉬지 않고 떠드는 사람은 다름 아니라 컬린의 아버지인 포만 남작이었다.

'후우.'

리안도 눈이 있기에 컬린이 누구인지는 가르쳐주지 않아도 알 수 있었다. 치료 마법으로 직접 치료까지 해준 사이가 아닌가. 그 당시 자리에 함께 있었으니 그것은 포만 남작도 당연히 아는 사실이었다.

그런데도 계속 아들을 거론하며 리안을 괴롭히는 포만 남작. 정신적으로 매우 피로하지만(근 한 시간이 넘었다) 남작의 마음을 이해하지 못하는 건 아니기에 리안은 참을 수밖에 없었다.

하지만 어색한 표정을 완전히 감출 수는 없었는지 남작이 말하다 말고 중간에 고개를 갸웃했다.

"칼리스타 백작님, 혹시 어디 편찮으십니까?"

"아니요, 괜찮습니다. 왜 그러십니까?"

"괜찮기는요. 표정이 전혀 아닌 걸요. 바쁘신 분인 거야 저도 잘 알지만 건강관리를 소홀히 하시면 안 됩니다. 젊을수록 몸을 아껴야 나중에 고생을 덜 하거든요. 너무 무리하지 마시고 몸도 좀 쉬게 하십시오."

포만 남작의 뻔뻔함이야 익히 알고 있었지만 이렇게 눈치가 없을 줄은 또 몰랐다. 리안의 뒤에 시립하고 있는 차이가 어떤 눈으로 자신을 바라보고 있는지도 모른 채 남작이 다시 아들을 향해 눈길을 돌리며 말했다.

"칼리스타 백작님, 저는 말입니다. 이런 시간이 올 줄 꿈에도 몰랐습니다."

"……."

"제가 아들 수업에 참관을 하다니요. 정말 세상은 오래 살고 볼 일입니다. 감회가 새로워요. 컬린이 앞으로도 쭉 지금 성적을 유지해서 오늘과 같은 기회를 놓치지 않았으면 좋겠군요. 덤으로 저도 말입니다. 하하."

포만 남작의 기분을 망치고 싶지는 않았으나 리안은 바로잡을 건 바로잡아야 한다는 게 생활 수칙이었다.

"저, 포만 남작님. 제가 아까 전에도 말씀드렸다시피 오늘 강연회는 아카데미의 학생들만이 참석할 수 있습니다. 하도 사정을 하셔서 오늘만 특별히 봐드린 거니 다음번에 또 이러시면 제가 곤란합니다."

"학부모 자격으로도 안 되는 겁니까?"

"럼블리 백작님의 강연을 들을 수 있는 자격은 우등생에게만 있습니다. 매년 두 번씩, 학기마다 우등생을 뽑아 강연회에 초청하는 식이지요."

"저도 들어서 알고 있습니다. 제 아들 컬린도 그 우등생에 뽑혀 이 자리에 있는 것 아닙니까? 그러니까 저는 우등생의 학부모로서……."

"럼블리 백작님이 어떤 분이십니까?"

남작의 말이 길어지자 리안이 불쑥 물었다.

"네? 그야 제국 제일의 대마법사이시고…… 아니, 이젠 칼리스타 백작님도 계시니까 제일은 아니겠……."

"제일 맞습니다. 같은 서클이라고는 하나 그분의 경험과 연륜까지 제가 따라갈 수 있는 건 아닙니다. 그리고 럼블리 백작님께선 황실 마법사의 수장이십니다. 아무나 오를 수 있는 자리가 아니지요."

"아아, 네에."

리안의 설명에 포만 남작이 마치 이제야 알았다는 듯 고개를 크게 두어 차례 주억거렸다.

"지금 우리는 그런 대단하신 분의 강연을 공짜로 듣고 있는 겁니다."

리안은 일부러 공짜라는 부분에 은근한 힘을 주었다. 그래서일까. 포만 남작의 표정이 눈에 띄게 달라졌다. 리안은 마저 덧붙였다.

"나가보시면 알겠지만 강의실 밖에만 해도 안으로 들어오고 싶어 하는 사람들이 수두룩합니다. 학생, 선생, 직원 가릴 것 없이 말이죠. 저는 이사장으로서 첫 강연을 축하하는 뜻에서 이 자리에 있는 것이고요."

"제가 미처 거기까지는……."

"네, 압니다. 컬린이 포만 남작님께 어떤 아들인지. 그런 아들이 우등생으로 뽑혔으니 장하기도 하시겠죠. 아들의 모습을 직접 보고 싶어 하시는 남작님의 마음은 저도 충분히 이해합니다."

리안의 너그러운 말투 때문인지 남작의 얼굴색이 조금 밝아졌다. 자신이 얼마나 흥분을 하고 있었는지 비로소 깨달은 것 같기도 했다.

"사실 이렇게 강의실 뒤쪽에서 남작님과 대화를 나누고 있는 것도 럼블리 백작님과 학생들에게 아주 큰 실례입니다. 그들에게 방해가 되는 것이니까요."

"헛!"

지금껏 리안을 붙들고 계속 내뱉었던 말들이 떠오르며 남작의 얼굴이 굳어졌다. 리안이 그런 남작을 바라보며 방긋 웃었다.

"지금은 괜찮으니 안심하십시오. 제가 이미 음파 차단 마법을 시행하였습니다."

"음파 차단 마법이라면 백작님과 제 말소리가 학생들에게는 들리지 않았다는 말씀입니까?"

"네, 맞습니다."

"휴우, 그것 참 다행이군요. 제가 오늘 참 큰 실수를 여럿 저지르는 것 같습니다."

포만 남작이 그제야 안도의 한숨을 내쉬며 이마에 맺힌 땀방울을 손등으로 닦아냈다. 사실 그는 아직도 컬린의 건강한 모습이 믿어지지 않을 때가 많았다. 그래선지 아들만 보고 있으면 주변 상황에 대해서 종종 잊곤 한다.

리안이 아니었더라면 학생들에게 큰 피해를 주었을 것이고,

그렇게 되면 피해를 입은 학생들이 컬린에게 괜한 화풀이를 할지도 몰랐다. 일어나지 않은 일이지만 그 끔찍한 상상에 남작은 입술을 깨물었다.

"컬린은 이제 안심하셔도 됩니다. 아카데미 내에서도 특별히 주의 깊게 보고 있으니 남작님께서는 그만 영지로 돌아가시는 게 어떨까요?"

리안이 알기로 포만 남작은 결코 한가한 사람이 아니었다. 아마도 돌아가면 결재할 서류가 산더미처럼 쌓여 있을 것이다. 남작이 그만 아들에게서 벗어나기를 리안은 진심으로 바랐다.

그런 리안의 마음이 통했을까. 남작이 멋쩍은 듯 웃으며 뒷머리를 긁적였다.

"제가 주책이 좀 심했던 모양입니다. 조절을 했어야 하는데…… 이것 참 창피하네요."

"저는 이해한다고 아까 다 말씀드렸습니다."

"네, 감사하게 생각하고 있습니다. 그럼 전 칼리스타 백작님만 믿고 이만 영지로 돌아가도록 하겠습니다. 우리 컬린 잘 좀 부탁드립니다."

"염려하지 마십시오."

"아, 지금 당장 가겠다는 말은 아닙니다. 가기 전에 마지막으로 아들 녀석과 밥 한 끼는 먹어야지요."

"제가 좋은 식당이라도 추천해드릴까요?"

"칼리스타 백작님께서 함께 가주신다면야 저로서는 영광입니다!"

리안의 말을 오해한 듯 포만 남작이 반색하며 턱을 바짝 치켜들었다. 그에 리안이 얼른 손을 저었다.

"아니요, 저는 그저 식당을 알려드리려는 것이었습니다. 이미 선약이 있어서요. 대신 다음에 제가 정식으로 초대하도록 하겠습니다."

"아쉽지만 할 수 없군요. 그 약속 꼭 지키셔야 합니다."

"물론입니다."

리안의 다짐에 마음이 놓인 듯 남작이 입을 헤벌쭉 벌리며 아들을 향해 다시 시선을 옮겼다.

"이상 첫 번째 특별 강의를 마칠까 합니다. 다음 강의 시간에는 마나 서클이 심장에 끼치는 영향에 대해서 이야기를 나눠보도록 하지요. 모두 수고했습니다."

어느새 두 시간의 강연이 모두 끝나고 럼블리 백작은 마무리 인사를 하는 중이었다. 포만 남작 때문에 강의 내용을 반의반도 듣지 못했지만 리안은 학생들과 함께 힘차게 박수를 쳤다.

"저는 그럼 아들에게 가보겠습니다."

포만 남작이 뒤도 돌아보지 않고 컬린에게로 뛰어갔다. 학생들도 너도 나도 일어나 럼블리 백작에게로 향하는 것이 보였다.

"차이, 우리도 갈까?"

강의는 성공적이었다. 리안은 만족스러운 얼굴로 차이에게 눈짓했다.

"지금은 힘들 것 같은데요."

"응?"

"뒤쪽을 보십시오."

리안은 고개를 갸웃하며 뒤를 돌아보았다.

"뒤에 대체 뭐가 있다고……!"

중얼거리는 리안의 앞에 나타난 건 두 명의 남학생이었다. 럼블리 백작의 강연 도중에도 몇 번이나 이쪽을 흘깃거렸던 학생들로 리안은 그들이 누군지 알고 있었다.

키가 큰 쪽이 커쉬너, 작은 쪽은 서머. 각기 맥브라이드 남작과 모란 남작 가문의 아들이었다.

사상과 관념이 다른 두 아버지의 사이에도 불구하고 매우 친한 교우 관계를 맺고 있다는 것이 그 둘의 특징이었다.

"아, 안녕하세요!"

"처음 뵙겠습니다. 저희는……."

"커쉬너와 서머 군, 맞지요?"

"……저희를 아세요?"

리안이 자신들의 이름을 말하자 무척 놀란 듯 서머가 침을 꼴깍 삼키며 물었다. 순진하면서도 귀여운 그 모습에 리안은 절로 흐뭇한 미소가 입가에 지어졌다.

"당연히 알고 있습니다. 전 아카데미에 관심이 아주 많은 이사장이거든요."

"아, 그렇죠. 이사장님이시죠."

새삼 그 사실을 깨달았다는 듯 서머가 멍하니 고개를 끄덕일 때, 커쉬너가 어른스럽게 말을 이었다.

"언제고 칼리스타 백작님을 뵈면 꼭 말씀드리고 싶었습니다. 저희들에게 이런 기회를 주신 것 정말로 감사하게 생각하고 있습니다."

"저도요! 저도 매우, 아니, 굉장히 감사해하고 있습니다! 칼리스타 백작님 덕분에 저도 할아버지처럼 훌륭한 마법사가 될 수 있을 것 같아요!"

"그렇게 생각하고 있다니 저야말로 고맙군요. 말씀처럼 꼭 훌륭한 마법사가 되어 아카데미를 빛내주신다면 더 바랄 게 없겠습니다."

"저희는 아카데미의 학생입니다. 말씀 편하게 하십시오."

"다음에 다시 뵙게 되면 그때 그렇게 하겠습니다. 근데 제게는 무슨 일로……?"

"아! 깜박 잊을 뻔했다!"

서머가 손바닥으로 이마를 툭 치고는 리안에게 급히 뭔가를 내밀었다. 한눈에 보아도 매우 비싼 재질의 종이와 펜이었다.

"……?"

무슨 뜻인지 몰라 리안이 의아한 표정을 지으려는 찰나, 서머가 수줍은 음성으로 말했다.

"사인 좀 해주세요."

"……저희가 칼리스타 백작님의 팬이거든요. 저도 부탁드립니다."

리안을 향해 두 팔을 뻗는 커쉬너의 손에도 어느새 비슷한 종이가 들려 있었다.

리안은 얼떨떨했다. 수줍게 얼굴을 붉히는 모습들이 귀여운 한편, 자신의 얼굴이 지금 어떤 표정일지 걱정스러웠다.

유명인에게 사인을 받아 소장하는 문화가 있다고 듣기는 했지만, 그 당사자가 되고 보니 굉장히 쑥스럽고 창피했다.

"입학식이 있던 날 멀리서지만 칼리스타 백작님을 보고 깊은 감동을 받았습니다. 백작님은 제게 우상이세요. 꼭 부탁드립니다."

"소중히 간직할게요."

애처로운 눈망울을 빛내며 서머가 리안을 올려다봤다. 남동생이 있었다면 이런 느낌이었을까?

리안은 피식 웃으며 고개를 끄덕였다.

"와아!"

리안의 허락에 신이 난 서머가 자리에서 폴짝폴짝 뛰었다. 반면 커쉬너는 제법 침착성을 발휘하며 두꺼운 책을 종이 아래에 받쳤다. 그런 그의 눈도 열망에 반짝거리고 있었다.

리안은 잠시 망설이다가 편하게 자신의 이름을 적어 넣었다.

아드리안 폰 칼리스타

반듯하면서도 힘이 느껴지는 필체가 종이를 채우자 커쉬너와 서머의 입이 함지박만 하게 벌어졌다. 생전 처음 해 보는 사인을 마치고 리안이 펜을 돌려주었다.

"고맙습니다."

"제 방에서 제일 눈에 잘 띄는 곳에 붙여놓을 거예요. 칼리스타 백작님, 정말로 감사합니다!"

커쉬너와 서머가 몇 번이나 허리를 숙여가며 리안에게 감사한 마음을 전했다. 누군가에게 기쁨과 희망을 주었다는 게 그리 나쁘지만은 않았다.

"여기에 계속 계셨다가는 아마 모든 학생들에게 사인을 해주셔야 할 겁니다."

그때 어느 틈에 다가왔는지 럼블리 백작의 목소리가 끼어들었다. 커쉬너와 서머가 놀란 숨을 흑 들이마셨다. 바로 코앞에서 5서클의 대마법사를 둘이나 보고 있으려니 심장이 무섭도록 요동쳤다.

"안 그래도 이제 막 가려던 참이었습니다. 커쉬너 군, 서머 군. 그럼 다음에 또 보도록 해요."

화사한 미소를 지어준 뒤 리안은 얼른 백작과 함께 강의실을 나섰다. 무심한 표정의 차이가 그 뒤를 바짝 따랐다.

"앞으로 특별 강연은 제가 아니라 칼리스타 백작님이 하셔야 할 것 같습니다."

"그게 무슨 말씀이십니까?"

럼블리 백작의 갑작스러운 말에 전방을 보며 걷던 리안의 고개가 백작에게로 꺾였다.

"강의 내내 얼마나 많은 학생들이 칼리스타 백작님을 힐끔거렸는지 아십니까?"

"음, 몇몇 학생들이 그러는 걸 보긴 했지만 그렇게 심하다고는 느끼지 못했는데요."

"포만 남작과 비밀 대화를 하시느라 모르셨던 게 아니고요?"

내심 기분이 상했던 듯 백작이 입술을 뾰로통하게 내밀었다.

"아, 그건 말이죠."

리안은 포만 남작과의 일을 설명하려다가 그만뒀다. 그 일을 얘기하려면 컬린까지 꺼내야 하고 그러다 보면 대화가 길어질 것 같았기 때문이다. 더욱이 왠지 자신이 변명을 하는 것 같아 기분이 좀 그랬다.

"저 때문이라면 죄송합니다. 오늘은 첫날이라 제가 참석한 거지, 다음에는 아마 오지 못할 겁니다. 그러니 학생들의 수업 태도에 불만이시라면 한 번만 참아주십시오."

"뭐, 이해를 못하는 건 아닙니다. 칼리스타 백작님께서는 그 나이에 저와 같은 실력의 마법사이시고, 물론 학생들의 관점에서 말입니다. 게다가 뛰어난 미모에 엄청난 재력까지 갖췄으니 누군들 관심이 안 가겠습니까. 괜찮습니다."

말만 그렇지 전혀 괜찮지 않은 얼굴이었다. 황실 마법사의 수장으로서 특별 강연을 하러 왔는데, 그것을 듣는 학생들이 리안에게 온통 관심이 쏠려 있었으니 백작의 성격상 자존심이 많이 상했을 것이다.

의도한 것은 아니지만 어쨌든 자신으로 인해 벌어진 일이기에, 리안은 그저 어색하게 웃으며 조용히 걸을 뿐이었다.

"참!"

그러다 문득 백작이 발을 멈추며 리안을 향해 돌아섰다. 무엇 때문인지는 몰라도 그의 눈은 여전히 서운함으로 가득 차 있었다.

"칼리스타 백작님께서 어떻게 그러실 수가 있습니까? 정말 너무하십니다."

"제가 또 무슨 실수라도……."

"명상실 말입니다. 어떻게 그 좋은 걸 이곳에만 해주실 수가 있습니까! 저 무척 서운합니다."

"아, 마나 명상실은 학생들을 위해……."

"마정석을 어디서 구했는지는 묻지 않겠습니다. 칼리스타 백작님은 질문을 싫어하시는 분이니까요. 대신 황궁에도 하나

만들어 주십시오. 그럼 제가 입을 꾹 닫겠습니다."

백작이 손을 입으로 가져가며 지퍼 채우는 시늉을 했다.

'이것 때문이었나.'

리안은 미간을 모으며 지그시 눈을 감았다. 어쩐지 밑밥을 너무 깐다고 생각했다. 자신에게 뭔가를 얻어낼 때면 백작은 항상 이런 식이었다.

"제가 마정석을 못 알아볼 줄 아셨습니까?"

리안이 말이 없자 럼블리 백작이 얼굴을 가까이 들이대며 교활한 웃음을 지었다.

솔직히 리안은 그래주기를 바랐다. 백작에게 귀찮은 설명을 하지 않아도 될 테니까 말이다.

마나 명상실이란 건 리안이 학생들을 위해 특별히 지은 것으로 리안의 성에 있는 연무장과 비슷한 곳이었다.

명상실 바닥 중앙에 마정석을 보이지 않게 박고 그 위에 마법진을 그려 넣어 학생들이 보다 쉽고 농도 짙은 마나를 받아들일 수 있도록 고안했다.

럼블리 백작의 제자들은 아직 실력이 부족해서 마정석을 알아보지 못했지만 역시 백작은 다른 모양이었다.

리안이야 세이프리드 덕분에 마정석을 쉽게 얻었지만, 지금의 시대에선 구하고 싶어도 물건이 없어 구할 수가 없는 게 마정석이다.

다른 때라면 기함을 하며 놀라야 정상일 텐데, 그간 리안에게 많이 동화(同化)가 된 것인지 럼블리 백작은 정말로 마정석의 출처를 묻지 않았다. 물론 궁금한 기색은 역력했다. 애써 참고 있을 뿐.

"칼리스타 백작님께서 늘 말씀하시는 것이 마법의 발전이지 않습니까. 황실 마법사들에게도 발전할 수 있는 기회를 주십시오."

생떼를 부리고 있지만 마정석이란 게 얼마나 귀한 건지는 백작이 더 잘 알았다. 리안의 대답이 없자 그가 불안한 눈길로 머뭇거리며 물었다.

"설마 다 쓰신 겁니까?"

"……"

"마정석이 떨어졌다는 말씀만은 하지 말아주십시오. 제발."

겁에 질린 강아지의 눈빛이 이럴까. 익살스러운 백작의 표정과 말투에 리안은 일순 웃음이 튀어나왔다.

"앗, 있군요! 그렇죠?"

럼블리 백작이 화색을 띠며 껑충 뛰어올랐다. 이럴 때 보면 그는 막내 제자인 테라와 아주 똑 닮았다. 나이가 들어도 그의 식지 않는 마법에 대한 열정이 조금 부럽기도 했다.

자신도 그럴 수 있을까?

뜬금없는 자문을 해 보며 리안이 결국 대답했다.

"알겠습니다. 황도에 올라가는 대로 시간을 내보도록 하지요."

"으앗, 감사합니다! 칼리스타 백작님은 정말 하늘에서 내려준 천사이십니다!"

기쁨에 겨운 나머지 럼블리 백작이 리안을 와락 껴안았다. 안기는 리안이나 안는 백작이나 알지 못했지만, 그 순간 차이의 얼굴이 굳었다.

그도 그럴 것이 마나 명상실은 제대로 된 마법사를 하루라도 빨리 키워내기 위해 리안이 생각해낸 방법 중 하나였다. 리안의 꿈은 마법사들을 대거 양성해서 여러 사업에 그들을 등용하는 것이었다.

당연히 마정석은 앞으로도 계속 필요할 경우가 많을 수밖에 없다. 마정석의 쓰임새는 그만큼 무궁무진하니까.

그런데 구하기도 어렵다는 그 마정석을 황궁에 내줘야 하게 생기지 않았는가. 차이는 그것이 별로 마음에 들지 않았다. 훗날 리안에게 마정석이 모자라는 사태가 온다면, 말리지 않은 오늘의 자신을 두고두고 후회할지도 모르겠다.

'내겐 얼마나 있는지 라파스에게 한번 물어봐야겠군.'

그런 차이의 심정을 아는지 모르는지 럼블리 백작이 리안을 놔주며 비밀스럽게 말했다.

"그럼 전 이만 키넌을 만나러 가야겠습니다. 지금쯤 아마 제가 언제 오나 눈이 빠지게 기다리고 있을 겁니다."

"알만에게 가시면 알아서 모시고 갈 겁니다."

"네, 그럼 나중에 또 뵙지요."

정중히 인사를 하고는 백작이 곧 리안에게서 멀어졌다. 들썩거리는 어깨가 그의 기분이 어떤 상태인지를 멀리서도 알 수 있을 정도로 잘 보였다.

"아무튼 못 말리시는 분이야. 안 그래, 차이?"

"성격이 특이한 것 같기는 합니다."

"성격 특이한 걸로 따지면 우리 아사를 따라올 자가 없지. 그러고 보니 아사가 아까부터 안 보이네? 어디 갔는지 알아?"

류지와 미하가 일이 있어 자리를 비웠기 때문에 오늘은 하루 종일 아사와 같이 있어주기로 약속을 했었다. 아카데미에도 함께 온 아사가 보이지 않자 리안은 내심 궁금했다.

"기척이 느껴지지 않는 것으로 보아 아카데미에는 없는 듯합니다."

"아무 말도 안 하고 사라진 거야?"

"……네."

잠시 아까의 일이 떠올랐지만 차이는 무시하기로 했다.

'말꼬랑지 너 정말……!'

분명 이렇게 화를 냈던 것 같기는 하다. 하지만 아사가 왜 화가 났는지 차이는 전혀 알 수가 없었다. 조용히 있다가 갑자기 저런 말을 던지고 사라진 것이기 때문이다.

"혼자 사냥이라도 간 건가."

리안의 의문 섞인 중얼거림에도 차이는 아무 답도 할 수가 없었다.

　　　　　*　　　　　*　　　　　*

　리안이 아사를 찾던 그 시각, 뜻밖에도 아사와 함께 있는 건 라키아였다. 분위기가 썩 좋지는 않았지만, 리안이 위험에 처하지도 않은 이때 둘이 같이 있다는 건 놀라운 사실이었다.

　저벅저벅 걷던 라키아가 눈에 쌍심지를 켜고 휙 돌아섰다.

　"야, 되다 만 고양이. 너 왜 자꾸 따라오는데?"

　강아지처럼 라키아의 뒤를 졸졸 따르던 아사가 숙이고 있던 고개를 위로 쳐들었다.

　"……."

　"뭐, 뭐야, 그 표정은?"

　아사의 공허한 눈빛에 라키아는 깜짝 놀라 자신도 모르게 말을 더듬었다. 아까부터 어깨가 축 처져 있는 게 이상하긴 했지만, 상태가 이렇게 심각할 줄은 미처 몰랐다.

　"리안에게 혼나기라도 한 거냐?"

　"……."

　"바쁘다고 리안이 안 놀아줘?"

　"……."

　"혹시 리안이 너 그만 돌아가래?"

　"……."

　"아놔, 그럼 뭔데! 말을 해야 알 것 아니야!"

답답한 나머지 라키아가 버럭 소리를 지르고 말았다. 다행히 그런 라키아의 짜증이 효과가 있었는지, 공허하던 아사의 눈빛에 초점이 잡혔다. 서서히 입이 벌어지며 아사가 억울하다는 듯 말을 뱉었다.

"너보다 재수 없는 놈은 처음이야."

"······뭐?"

"너보다 이렇게 재수 없는 놈은 처음 봤다고."

"너 설마 그걸 칭찬이라고 하는 건 아니겠지?"

라키아는 황당해서 말도 잘 나오지 않았다. 사람이 기껏 생각해서 말을 걸어줬더니 다짜고짜 하는 말이 뭐?

"역시 되다 만 고양이 따위에게 말을 거는 게 아니었어."

자신의 결정을 뼈저리게 후회하며 라키아가 아사에게서 등을 돌렸다.

"야, 어디 가!"

등 뒤로 아사의 음성이 들렸지만 조용히 무시하고 발걸음에 속도를 붙였다. 그러자 아사가 쪼르르 달려와 앞을 가로막았다.

"흰머리, 내 말 안 들려? 어디 가냐니까!"

"남이야 어딜 가든 말든."

"흰머리 네가 그렇게 말하다 말고 가면 내가 궁금하잖아."

"머리만 이상한 줄 알았더니 눈도 이상한 모양이네."

"뭐? 내 눈이 어쨌는데?"

"넌 내 머리가 아직도 흰머리로 보이냐?"

아사의 시선이 라키아의 머리칼을 향해 움직였다. 복권이 된 후로 라키아의 머리색은 더 이상 은색이 아니라 본래의 회색 빛깔로 돌아가 있었다.

"머리색이 왜?"

아사의 뻔뻔한 물음에 라키아의 인상이 찡그려졌다.

"너도 눈이 있으면 보일 거 아니야. 이게 네 녀석은 흰머리로 보이냐?"

"아니."

"오, 눈이 잘못된 건 아닌가 보네. 그럼 이제 흰머리라고 불러선 안 된다는 것도 잘 알겠지?"

"어째서?"

"그거야 당연히 머리색이 바뀌었으니까 그렇지."

라키아답지 않은 차분한 설명에도 불구하고 아사가 이해가 안 간다는 듯 고개를 갸우뚱거렸다.

"머리색이 원래대로 돌아갔다고 해서 흰머리 네가 다른 사람이 된 건 아니잖아?"

"야, 누가……."

"그리고 싫어. 널 어떻게 부르든 그건 내 마음이야. 한 번 흰머리는 영원한 흰머리! 그게 나의 결정이야."

라키아가 무섭게 눈을 부릅떴지만 아사는 조금도 물러서지 않았다.

주먹이 부르르 떨렸다. 아마 친동생이었다면 백 번도 넘게 쥐어 터졌을 것이다. 강요한다고 할 녀석도 아니었고, 그랬다가는 자신만 피곤해질 터. 라키아는 포기하고 가던 길이나 가기로 했다.

"어라, 흰머리! 또 말하다가 가는 법이 어디 있냐!"

그러나 이번에도 아사로 인해 라키아는 걸음을 멈추고야 말았다. 저절로 살기가 피어올랐다.

"또 한 번만 날 막았다가는 가만 안 둔다. 비켜!"

"싫어."

"너 진짜 혼나볼래?"

"나 우울하단 말이야!"

라키아의 음성이 아사의 외침에 묻혔다. 자신의 말이 잘렸다는 것보다 아사의 말에 라키아는 얼음이 되었다.

"되다 만 고양이, 너 지금 뭐라고 했냐?"

"못 들었어? 나 우울하다니까!"

"핫, 하핫, 하하하핫."

기가 막혀 웃음 밖에 안 나왔다. 아무래도 자신이 전생에 큰 죄를 지은 게 틀림없다. 이런 쓸데없는 소리를 듣고 있다니 말이다.

지금 그는 매우 중요한 곳에 가던 중이었다. 2년이 넘도록 동고동락한 단원들이 있는 곳. 그곳으로 라키가 아닌 라키아가 되어서 돌아가는 길이다.

아마 지금쯤 많이 기다리고 있을 것이다. 어젯밤 도착한 것을 알 테니 모두가 잠도 못 자고 자신이 오길 고대하고 있을 것이다.

그런 자신을 붙잡고 고작 한다는 소리가 우울해라니. 라키아야말로 우울해지는 순간이 아닐 수 없었다.

"왜 웃어? 난 지금 심각하다고."

"……상대를 똑바로 찾아온 게 맞긴 하냐?"

"응?"

"그런 말을 하려면 리안이나 노란 눈에게 가서 해야지, 왜 나한테 그래?"

"흰머리 너 바보지! 리안 때문에 우울한 건데 어떻게 리안한테 가서 말해!"

아사의 얼굴이 울상으로 일그러졌다. 당장이라도 눈물이 뚝 뚝 떨어질 것 같은 모습에 라키아는 몰아치는 짜증을 꾹 참을 수밖에 없었다.

"그럼 리안은 빼고, 노란 눈은? 미하라는 작자는 어디 갔는데?"

"나도 몰라. 일 있다고 둘 다 어디 갔어."

"하아."

'그래서 남은 게 나였군?'

라키아는 그제야 이 모든 상황이 이해가 갔다.

"혼자 있기는 싫고 갈 데는 없고. 나도 흰머리 네가 좋아서 이러는 건 아니라고!"

'아, 네.'

결국 울음보가 터지고야 말았다. 녀석의 커다란 눈에서 닭똥 같은 눈물이 떨어지자 그것처럼 처연하게 보이는 것이 없었다.

"우울한 이유가 뭔데? 리안이 야단이라도 쳤어?"

하는 수 없이 라키아는 걸음을 멈추고 근처 돌계단에 엉덩이를 붙이고 앉았다.

도리도리.

아사가 눈물을 훔치며 고개를 양옆으로 저었다.

"그럼 리안이 어떻게 했는데 그래. 이유를 알아야 나도 무슨 말을 할 것 아니야."

"……다 말꼬랑지 때문이야."

"말꼬랑지라면 후작님?"

"말꼬랑지가 하나밖에 더 있어? 아무튼 너보다 재수 없는 인간은 정말 처음이야."

……또 그 소리냐.

하지만 아까처럼 무슨 소린지 헷갈리지는 않았다. 그러니까 녀석은 지금 차이를 욕하고 있는 것이었다.

"아무리 호위기사라도 그렇지, 어떻게 그렇게 매일같이 붙어 있어? 낮이나 밤이나 잠도 안 자고 아주 콕 붙어 있다니까!"

"……."

"내가 도통 리안 옆에 갈 수가 없어. 리안이 자기 거야? 아니잖아! 자기 거도 아니면서 왜 그러냐고."

그동안 쌓인 불만이 폭발했는지 아사가 주먹까지 쥐며 열변을 토했다.

"이건 호위를 넘어선 집착이야! 말꼬랑지 그 녀석을 당장 리안에게서 떼어내야 해! 흰머리 네가 리안의 호위기사일 때가 난 그리워 죽겠어."

그때를 회상하듯 아사의 눈동자가 아련히 젖어들었다.

녀석의 말을 한 문장으로 정리하면, 차이에게 리안을 뺏긴 것 같아 화가 났다는 얘기였다.

이해가 안 가는 건 아니다. 차이로 인해 아사는 리안의 침실로 몰래 숨어드는 짓을 그만두어야 했고, 어딜 가든 리안과 둘이 아닌 차이를 포함한 셋이어야 했다.

라키아가 리안의 호위기사로 있을 땐 둘이 있을 기회가 꽤 많았던 반면 지금은 조금의 틈도 보이지 않았다(아사의 시끄러움 때문에 라키아는 종종 자리를 피했었다).

'약이 단단히 오른 모양이군.'

씩씩거리며 아사가 라키아의 옆으로 와 앉았다.

"리안도 나빠."

"리안은 왜?"

"변했어. 전에는 안 그랬거든."

"그러니까 뭐가 말이야."

"흰머리 너보다는 나를 더 챙겼단 말이야. 근데 이제는 아니야. 나보다 말꼬랑지를 더 챙기는 것 같아."

그 사실이 제일 기분 나쁘다는 듯 아사가 입술을 잘근잘근 깨물었다. 라키아는 어이가 없었다.

리안이 챙기긴 뭘 챙긴단 말인가. 차이는 애초부터 챙길 게 없는 사람이었다. 너무나 완벽해서 라키아가 어떻게 넘어서야 할지도 까마득한 자가 바로 차이였다.

괜한 심술이 나니 그렇지 않은 것도 그렇게 보이는 것일 것이다.

'대체 언제쯤 어른이 되려는지.'

한 대 쥐어박고 싶은 걸 간신히 참으며 라키아는 나름 위로의 말을 건넸다.

"되다 만 고양이, 네 말대로 리안이 후작님과 같이 있는 시간이 많다 보니 그렇게 느껴지는 걸 거야. 후작님은 어른이라서 리안이 특별히 챙겨줄 것도 없거든."

"……."

"지금 리안에게 가서 우울하다고 말해 봐. 아마 하루를 통째로 내서라도 너와 놀아줄 테니."

"안 그래도 바쁜데 나까지 거들고 싶지 않아."

"그거 혹시 지금 리안 걱정하는 거냐?"

"……."

"걱정하는 거 보니 기분 다 풀린 모양이네."

"아니야, 하나도 안 풀렸어."

"풀린 거 같은데?"

"아니거든! 앞으로 한 달 동안 리안하고는 말도 안 할 거라고!"

"아, 그래?"

라키아는 아사의 말을 조금도 믿지 않았다. 리안만 보면 재잘재잘 떠들기 바쁜 녀석이 아닌가.

애초부터 녀석에게 리안에 대한 화는 성립 자체가 안 되었다. 라키아는 그 사실을 그로부터 정확히 두 시간 후에 확인했다.

*　　　　*　　　　*

"그때 영주님께서 말씀하셨던 게 이것이었습니까?"

"응? 뭐가?"

알만의 물음에 리안은 재킷을 입다 말고 뒤를 돌아보았다.

"다 입고 대답해 주셔도 됩니다."

알만이 그런 리안을 부드럽게 제지하며 마저 재킷을 입도록 도왔다. 리안은 순순히 다시 앞을 보며 거울 속에 비치는 자신의 모습을 응시했다.

"음, 괜찮은 거 같아."

리안은 새로운 재킷이 마음에 들었다. 날씨가 추워졌다는 알만의 성화로 입게 된 옷이지만 색감이나 디자인이 리안의 취향이었다.

"움직이는 데 불편하시지는 않습니까?"

"전혀."

두 팔을 위로 들어 올리고 앞뒤로 보내본 결과 아무런 불편함이 없었다.

"역시 제 예상이 맞았군요."

"예상이라니?"

리안은 거울에서 시선을 떼고 알만을 향해 돌아섰다.

"키가 더 크신 것 같습니다."

"키가?"

"네, 골격도 전보다 더 굵어지신 것 같아 치수를 약간 늘려서 옷을 지었습니다."

"그래? 난 잘 모르겠는데."

리안은 자신이 더 자랐다는 걸 인식조차 하지 못했다. 주변에서도 아무도 그런 말을 하지 않았던 것이다.

"원래 본인은 잘 모르는 법이지요. 앞으로 옷을 지을 때 지금의 치수로 지어야겠습니다."

"그러고 보니 요즘 옷이 타이트하다고 느껴질 때가 있었던 것 같기도 해. 난 그냥 그러려니 했는데, 역시 알만의 눈썰미는 대단하단 말이야. 집사는 원래 다 그래?"

리안의 농담에 알만이 말없이 그저 웃어 보였다.

"그보다 처음에 물었던 게 뭐야? 그때 말한 거라니?"

"라키아 님 말입니다."

"아, 그거."

"언제가 될지는 모르지만 분명 제가 이해하는 날이 올 거라고 영주님께서 그러셨지요. 그러니 믿고 따라와 달라고."

"아직 기억하고 있었네."

새삼 그때의 고마움이 생각나자 리안의 얼굴에 미소가 번졌다. 알만이 다시 물었다.

"혹시 영주님께선 라키아 님이 복권되실 걸 미리 알고 계셨던 겁니까?"

"응."

"……!"

놀라는 알만에게 리안은 차분히 설명했다.

"그렇게 놀랄 것 없어. 누명을 썼으니 사실이 밝혀지면 복권되는 건 당연한 거 아니야?"

"라키아 님과 개인적인 친분이 전혀 없지 않으셨습니까. 그런데 어찌 누명이라고 그렇게 단정을 지으셨죠?"

"개인적 친분은 없었어도 라키아에 대해서는 잘 알고 있었어. 워낙에 유명했으니까. 그리고 공작들이 그런 식으로 사람 하나 잡는 건 옛날부터 자주 있어왔고."

"……."

"그땐 난 라키 같은 아까운 인재를 놓칠 수 없다고 생각했어. 그건 지금도 아주 잘한 일이라고 생각해."

지금의 리안에게 라키아가 없다는 건 상상도 할 수 없었다. 멍한 표정으로 자신을 바라보는 알만에게 리안이 마저 덧붙였다.

"그때 날 믿고 도와줘서 정말 고마웠어. 알만은 라키가 복권되는 데에 일등 공신이야!"

"제가 뭘 했다고 그러십니까. 저는 그저 영주님의 명을 따랐을 뿐입니다."

"아니야, 그때 알만이 비슷한 시체를 구해오지 않았다면 추격대를 절대 따돌릴 수 없었을 거야. 알만은 정말 큰일을 해냈어."

"영주님께서 하신 일에 비하면 아무것도 아닙니다."

리안의 계속되는 칭찬에 알만도 지지 않고 겸손을 떨었다. 어떤 말을 해도 알만의 대답이 달라지지 않을 것임을 리안은 알고 있었다. 이쯤에서 그만 하고 저녁을 먹으러 가는 것이 이로웠다.

리안이 일층의 식당으로 내려갔을 땐 성의 손님인 비앙카가 일찍이 자리하고 있었다. 그녀가 오빠를 따라 여기까지 온 데에는 보웬 남작이 크게 한몫 했다.

파티가 끝나고도 비앙카에 대한 열의를 접지 못한 남작은 한사코 그녀를 만나기 위해 백작가를 찾았다. 라키아가 있을 때에는 알아서 차단을 했지만, 저택을 비우는 경우에는 피할 방법이 없었다.

해서 불안했던 라키아가 동생을 데려오기로 결심하고 리안에게 부탁을 한 것이다. 워프 게이트가 걸린 문제였기 때문에 쉬운 판단은 아니었지만 리안은 비앙카를 믿고 허락했다.

처음 워프 게이트의 존재를 알고 비앙카는 많이 놀라는 듯했다. 하지만 그건 아주 잠시였다. 담담히 고개를 끄덕이며 방긋 웃더니 이렇게 한마디 했을 뿐이다.

'이거 너무 좋다. 그럼 한 번에 그곳에 가볼 수 있는 거지?'

오빠가 지냈던 곳에 꼭 가보고 싶었다는 비앙카는 이후로도 워프 게이트에 대해서는 아무것도 묻지 않았다. 열일곱 살이면 궁금하고 호기심 많은 나이일 텐데도, 살아온 환경 때문인지 비앙카는 보통의 소녀들과는 매우 달랐다. 리안은 그런 점이 때때로 흥미로웠다.

사족이지만 보웬 남작은 차이의 존재를 묵인해주는 것에 아주 흔쾌히 합의했다. 후작인 차이가 무슨 이유로 리안의 호위 기사가 되었는지는 매우 궁금히 여겼지만 리안이 제시한 조건에 그는 흠뻑 넘어갔다.

바다향기를 1년간 무료로 이용할 수 있다는 조건은 많은 여성들과의 만남을 그곳에서 이루는 남작에게 결코 무시할 수 없는 유혹이었던 것이다.

그가 언제 약속을 깰지 모르지만 적어도 바다향기가 있는 이상 리안은 안심해도 좋다고 생각했다.

"오셨어요."

리안을 발견한 비앙카가 반갑게 웃으며 먼저 인사했다.

"네, 일찍 내려오셨네요. 그런데 왜 혼자 계십니까? 설마 오늘 저녁은 비앙카 양과 저 이렇게 둘뿐인 겁니까?"

"미안하지만 그렇게는 안 되지."

대답은 비앙카는 아닌 입구 쪽에서 들려왔다. 음성의 주인 공은 라키아였다.

"오빠!"

보고 또 봐도 그렇게 좋을까. 식당으로 들어서는 라키아의 모습에 비앙카가 이전과는 비교할 수 없는 미소를 지으며 오빠를 환영했다.

"많이 기다렸어?"

"아니, 나도 이제 막 왔어. 어서 와서 앉아."

그녀가 자신의 옆자리를 얼른 오빠에게 내줬다. 라키아가 그곳으로 걸어갈 때, 고개를 푹 숙인 채 아사가 식당으로 들어섰다. 리안의 눈이 반가움으로 물들었다.

"아사, 어디 갔었어. 얼마나 찾았는지 알아?"

말도 없이 사라진 아사를 찾기 위해 하인을 몇 명이나 풀었는지 모른다.

"지금껏 어디 있었어? 걱정했잖아."

류지와 미하가 있었다면 걱정을 덜했겠지만 지금은 그들이 없다. 묘인족의 규칙이 있으니 별일은 없을 거라 여겼지만 리안은 오늘따라 아사가 많이 궁금했었다.

"……나 찾았어?"

그런 리안의 염려를 느낄 것일까. 아사가 슬며시 고개를 들며 물었다. 그런 녀석의 동공이 점점 커지더니 주위를 획획 돌아봤다.

"말도 없이 사라지면 어떡해. 혹시 라키랑 여태 같이 있던 거야?"

오늘 라키아는 기사단과의 일을 해결하러 연무장에 갔을 것이다. 그곳은 하인들의 출입이 제한되는 곳이니 아사를 찾지 못한 게 이해가 된다.

"말꼬랑지가 없네?"

"응?"

물음에 답은 않고 아사가 갑자기 차이를 찾자 리안은 어리둥절했다.

"만날 리안 옆에 콕 붙어 있더니 지금은 없잖아. 와아, 말꼬랑지 자기 집으로 돌아간 거야?"

"아니, 잠깐 어디 좀 갔다 온다고 갔는데."

아사의 얼굴이 대번에 실망스럽게 변했다. 그것이 차이가 완전히 사라지지 않아서라고는 조금도 생각하지 못하고 리안이 걱정스러운 눈길로 아사를 바라봤다.

"쳇."

녀석이 투덜거리며 식탁으로 와 앉았다. 그런데 그 위치가 사뭇 이상했다. 혼자서만 멀찌감치 떨어져서 앉은 것이다.

"아사?"

리안이 불렀으나 들은 척도 안 하고 아사가 냅킨을 펴 무릎 위에 얹었다.

"아사, 이리 와. 다들 여기 있잖아."

"……."

"이리 오래도."

"……."

"아사, 정말 안 올 거야?"

"놔둬. 혼자서 먹든 말든."

라키아가 내버려두라며 조언했지만 리안은 그럴 수 없었다. 결국 리안이 의자를 뒤로 빼며 일어났다.

"난 저쪽으로 가서 먹을게. 비앙카 양, 괜찮겠죠?"

"네, 괜찮아요."

"나도 상관없어."

두 남매에게 양해를 구한 리안은 서둘러 아사에게로 걸어갔다.

"아사, 나 여기 앉아도 될까?"

"……."

"싫으면 저쪽으로 다시 가고."

"……."

"차라리 그냥 굶을까?"

아사의 어깨가 흠칫 떨렸다. 아무리 화가 났어도 녀석의 심성으로는 자신을 굶기지 못할 거란 걸 리안은 알고 있었다. 최대한 울적한 어조로 리안이 말을 이었다.

"그래, 알았어. 네가 뭐 때문에 화가 났는지는 모르겠지만 반성하는 의미로 오늘 저녁은 먹지 않을게. 아니, 아사 너의 화가 풀릴 때까지 굶는 게 좋겠……."

"나 화난 거 아니야! 그러니까…… 굶지 마."

"정말?"

"그래, 인간은 굶으면 죽는다고 했단 말이야. 난 리안이 죽는 건 원치 않아. 얼른 여기 앉아서 먹어."

묘인족도 굶으면 죽기는 마찬가지였다. 다만 굶주림을 버틸 수 있는 정도가 인간에 비해 매우 긴 편이다. 그걸 인간은 아예 굶으면 안 된다고 생각한 듯 아사가 마음을 졸이며 말했다.

"그럼 나 용서해주는 거야?"

"……응."

"고마워, 아사. 넌 정말 착해."

아사가 무엇 때문에 삐쳤는지는 모르지만 리안은 쉽게 화를 풀어주는 아사가 예쁘고 고마웠다.

"내가 착해?"

"그럼."

리안이 고개를 끄덕이며 아사의 머리를 쓰다듬었다. 리안의 칭찬과 부드러운 손길에 아사의 남아 있던 화가 눈 녹듯이 사라졌다.

"리안도 착해. 그래서 난 리안이 좋아."

라키아가 어떤 얼굴로 자신을 바라보고 있는지도 모른 채 아사가 리안을 보며 환하게 웃었다.

제9화

황제의 부름

계절은 완연한 가을 날씨로 접어들었다. 제국의 봄과 가을은 매우 짧다. 그러므로 완연한 가을이라는 건 곧 겨울이 올 거라는 뜻이다.

겨울은 가난한 서민과 하층민들에겐 혹독한 계절이었다. 먹을 것을 구하기 어려운 시기인 데다가, 변변한 옷가지가 없는 이들을 얼어 죽게 만들기 때문이다.

조금이나마 덜 고단하고 안전하게 겨울을 나기 위해선 그래서 준비가 필요했다. 벌써부터 제국의 전역에는 월동 준비로 사람들의 움직임이 부산했다.

해질 무렵, 본격적으로 차가운 바람이 불기 시작할 즘 리안은 라키아와 함께 황제의 부름을 받았다. 라키아를 따라 비밀 통로로 입궁을 한 이후로 처음 찾는 궁이었다.

"오빠!"

황제는 혼자가 아니었다. 황후인 레지나는 물론, 럼블리 백작과 크리스, 그리고 리안은 처음 보는 두 사람이 자리하고 있었다. 남녀 한 쌍으로 여자는 대단한 미인이었고, 남자는 한눈에 기사임을 알 수 있었다.

"……트레비스?"

라키아가 그중 남자를 보고 놀란 듯 숨을 멈췄다. 반응은 남자도 비슷했다. 그가 잠시 멍한 표정을 짓다가 이내 벅찬 얼굴로 라키아에게 다가가 예를 취했다.

"트레비스 브로디, 단장님을 뵙습니다!"

굵은 음성으로 절도 있게 인사하는 남자는 정말로 트레비스였다. 라키아보다 세 살 연상인 그는 항상 어느 자리에서든 라키아를 깍듯하게 모시곤 했었다. 그는 변한 게 없었다.

"얘기는 들었다. 나 대신 비앙카를 지켜주었다고. 정말 고맙다."

라키아는 왠지 모를 감격에 벅찼다. 트레비스를 보자 그간 잊고 지냈던 단원들의 얼굴이 하나둘 떠올랐다.

"이렇게 살아 계셔 주셔서 저야말로 감사합니다!"

라키아는 피식 웃었다. 잠시 잊고 있었다. 트레비스가 누구보다 열렬한 자신의 추종자였음을.

라키아는 말없이 트레비스의 어깨를 토닥이는 것으로 그간의 고마움을 대신했다. 둘 사이에 인사는 그것으로 충분했다.

"라키아, 이쪽과도 인사해."

그때 황제가 둘 사이에 끼어들며 여자를 손으로 가리켰다. 리안은 굳이 상대가 누구인지는 물어보지 않아도 알 것 같았다. 그리고 그건 라키아도 마찬가지였다.

"트레비스와 함께 왔다면 당신이 진이겠군요. 비앙카에게 들었습니다. 동생을 돌봐줘서 고맙습니다."

비앙카 때문이었을까. 진을 대하는 라키아의 태도는 평소처럼 무뚝뚝하긴 했으나 태도나 말투가 매우 정중하면서도 부드러웠다.

리안은 라키아가 동생인 비앙카와 그를 간호했던 매들린을 빼고 여자에게 이렇듯 친절하게 구는 것을 처음 보았다.

당연히 그런 라키아의 첫인상이 마음에 들었는지 진이라 불린 여인이 상냥하게 웃으며 자신을 소개했다.

"로드리게즈 백작님을 뵙게 되어 영광입니다. 세리나진 캘라미티라고 합니다."

목소리가 꽤 허스키했다. 그녀는 라키아가 상상하던 것과는 여러모로 다른 여성이었다.

흔히들 가정교사라고 하면 정숙한 외모에 조금은 딱딱하면서도 얌전하고 차분한 이미지를 떠올릴 것이다. 그것은 라키아도 별반 다르지 않았다.

하지만 진이라는 여인에게선 그런 것들이 전혀 느껴지지 않을 뿐더러 어딘지 중성적인 매력까지 풍겼다. 여자 치고는 큰 키에, 날씬하면서도 단단한 몸은 무예를 익혔음을 알 수 있었다.

게다가 보통의 남자보다도 머리칼이 매우 짧았다. 붉은 기가 도는 금색의 머리카락이 그녀의 작은 얼굴을 감싸듯 자라 있었다.

갸름한 턱 선과 짙은 속눈썹, 굴곡 있는 라인이 아니었다면 라키아는 그를 남자라고 착각할 뻔했다. 그녀의 선명한 감청색 눈동자에는 호기심이 잔뜩 어려 있었다.

"진이라고 불러주세요."

라키아가 말이 없자 진이 쾌활한 음성으로 다시 말했다.

비앙카의 밝음이 그녀로부터 온 것일까?

라키아는 순간 왠지 그런 느낌을 받았다.

어려서부터 밝은 아이이긴 했으나 한순간에 부모와 형제를 잃고 세상에 혼자가 되었다. 성격은 얼마든지 변할 수 있는 것이다.

비앙카의 천성에 진의 밝음이 더해져 오늘에 이른 것은 아닐까?

진의 명랑하고 활발한 분위기가 라키아는 마음에 들었다.

"……?"

진은 고개를 갸웃했다. 라키아가 계속 대답은 않고 뚫어지게 바라보고만 있으니 의아한 것이다.

'왜?'

하지만 어쩐지 그 눈빛이 싫지는 않았다. 시내에서 우연히 마주쳤어도 눈앞의 사내가 비앙카의 오빠라는 걸 진은 알아봤을 거라고 장담했다.

말이 없는 라키아를 대신해서 리안이 나선 것은 그때였다.

"아드리안 폰 칼리스타입니다. 만나 뵙게 되어 반갑습니다."

"아, 칼리스타 백작님! 저야말로 정말 뵙고 싶었습니다!"

라키아 다음으로 진이 만나고 싶었던 건 리안이었다. 그녀가 세상에서 제일 사랑하는 비앙카에게 가족을 찾아준 사람. 진에게 리안은 그런 존재였다.

"자자, 대화는 우리 앉아서 나누는 게 어떨까요?"

"앗, 황후 마마. 죄송합니다."

레지나가 박수를 치며 모두의 관심을 자신에게로 돌렸다. 그녀가 사과하는 진에게 괜찮다는 듯 미소를 지으며 의미심장하게 말했다.

"폐하께서 여러분들을 부르셨다고 해서 저도 준비한 게 있답니다. 잠시 자리를 비울 테니 말씀들 나누고 계세요. 금방 돌아올게요."

귓속말로 황제에게 무어라 속삭이고는 레지나가 서둘러 실내를 벗어났다.

"칼리스타 백작님, 어서 앉으십시오. 라키아, 자네도 어서 앉게."

어리둥절해하는 리안에게 럼블리 백작이 자신의 옆을 턱으로 가리키며 손짓했다.

"황후 말대로 하세나."

황제까지 거들자 리안은 하는 수없이 자리로 가 앉았다. 라키아도 그때서야 진에게서 시선을 떼고 리안을 따라 걸음을 옮겼다.

"라키아, 옛 수하를 보는 소감이 어때?"

물은 건 황제인데 궁금해하는 건 트레비스였다. 그가 기대에 찬 눈빛으로 라키아를 응시했다.

그런데 무슨 일일까. 라키아가 잠시 굳은 표정을 짓더니 진지한 어조로 말을 꺼냈다.

"안 그래도 폐하께 드릴 말씀이 있습니다."

"……?"

단순한 소감을 물었을 뿐인데 라키아의 반응이 무척 진중하자 오히려 당황한 건 황제였다.

"전에 말씀하셨던 것 말입니다. 원래의 자리로 복귀하라고 하시던……."

"아, 지금의 단장 때문이라면 걱정할 것 없어. 이미 다 얘기 끝났으니까. 라키아는 예전처럼 돌아오기만 하면 돼."

"그게 아니라, 당분간은 그냥 이대로 있고 싶습니다."

"그래, 라키아가 빨리 복귀한다면 나야 좋겠지만 이것저것 정리하려면…… 뭐?"

고개를 주억이며 말을 잇던 라테스의 두 눈이 순간 동그랗게 변했다. 자신이 라키아의 말을 잘못 이해하였음을 그제야 눈치 챈 것이다.

"라키아, 설마……."

"네, 폐하. 황궁 제3기사단의 단장이 아니라 드래곤 기사단의 단장으로 있고 싶습니다."

"라, 라키?"

제일 깜짝 놀란 건 리안이었다. 리안이 라키아의 이름을 부르며 말을 더듬었다.

하지만 그 음성은 트레비스의 외침에 가려졌다.

"단장님, 그게 무슨 뜻입니까? 저희를…… 저희 황궁 제3기사단을 버리시겠다는 말씀이십니까?"

그 이름도 유치한 드래곤 기사단 때문에?

트레비스는 그렇게 소리치고 싶은 걸 리안을 생각해서 간신히 이성을 붙잡았다.

"라키아, 자네가 있어야 할 곳은 그곳이 아니라 바로 여기 황궁일세. 나와 함께 폐하를 지키기로 한 약속을 설마 잊은 겐가?"

"크리스, 그 약속이라면 절대 잊지 않고 있습니다. 지난 5년을 그 약속 하나로 버텼습니다. 그리고 전 그 약속을 지키기 위해 이런 결정을 내린 것입니다."

"약속을 지키기 위해서······?"

"네, 꼭 황궁에서만 폐하를 지켜낼 수 있는 건 아닙니다. 그건 누구보다도 제가 잘 압니다."

아무도 라키아의 말에 반박하지 못했다. 5년 전의 참변이 모두의 기억 속에 떠올랐다. 가장 가까운 곳에 있으면서도 라키아는 황제를, 황제는 라키아를 지켜내지 못했다.

"그땐 폐하를 옆에서 모시는 것만이 폐하를 안전하게 보호할 수 있다고 믿었습니다. 하지만 지금은 아닙니다. 그동안 리안과 함께 지내면서 많은 것을 보고 배웠습니다."

라키아의 시선이 잠시 리안에게 멈췄다. 다들 그 시선을 따라 리안을 응시했지만 정작 리안은 라키아를 보느라 그것을 알지 못했다.

라키아가 리안과 함께 영지로 떠났던 건 드래곤 기사단에게 작별을 고하기 위함이었다. 그리고 리안은 방금 전까지 그들이 마지막 인사를 나눴다고만 생각하고 있었다.

알만이 그 일에 관해 보고하려 했지만 리안은 바쁘다는 핑계로 일부러 자리를 피했었다. 이미 다 아는 사실을 굳이 다시 되새겨 라키아가 떠나야 한다는 걸 실감하고 싶지 않았기 때문이다.

그런데 복귀하지 않겠다니?

그 사실이 기쁜 한편 리안은 의도가 궁금했다.

"진정으로 폐하를 지켜내려면 폐하께서 강해지셔야 합니다. 공작들이 함부로 덤빌 수 없도록 폐하께서 지금보다 강해지셔야 한다는 말씀입니다."

"갑자기 뚱딴지같이 무슨 소리야. 그게 라키아가 복귀하지 못하는 것과 무슨 상관이라는 거지?"

"폐하께서 공작들보다 부족한 게 무엇입니까? 바로 폐하를 지지하는 귀족의 수와 그들이 가진 능력입니다. 저는 그 능력을 키울 생각입니다."

"능력……?"

"네, 드래곤 기사단은 매우 강합니다. 하지만 제가 지금 물러난다면 그저 그런 기사단으로 전락할 가능성이 매우 높습니다."

라키아의 말이 무슨 뜻이었는지 이제야 모두 알았다. 제일 먼저 반박한 것은 크리스였다.

"자네의 말에도 일리는 있네. 단장이 바뀌면 기사단이 흔들리는 건 사실이지. 하지만 그건 당연한 과정일세. 새로운 단장도 할 일이 있어야 하지 않겠나?"

"저도 그렇게 생각합니다."

트레비스가 열렬하게 고개를 끄덕이며 크리스의 의견을 지지했다. 라키아를 향한 그의 강렬한 눈빛에선 절대로 단장을 뺏기지 않겠다는 의지가 엿보였다.

"애초부터 저를 구심점으로 뭉친 녀석들입니다. 지금 제가 빠진다면 분명 다들 뿔뿔이 흩어질 겁니다. 물론 남을 녀석들도 있겠죠. 하지만 아직 부단장은 그들을 통솔할 수 있는 능력이 부족합니다. 실력은 있지만 단장이라는 게 실력만으로는 안 된다는 걸 잘 아시지 않습니까?"

크리스는 대답하지 못했다. 라키아의 복귀를 누구보다도 기다린 그이지만 라키아의 말에는 틀린 말이 하나도 없었다.

트레비스의 얼굴이 붉으락푸르락 변해갔다. 라키아의 생존 소식을 듣고 함께 기사단에 복귀할 생각으로 가득하던 그에게 현실은 너무 잔인했다.

"……"

라키아는 자신을 향한 황제의 시선을 피하지 않았다. 황제가 부디 진심을 알아주기를 바라면서 마지막 말을 이었다.

"드래곤 기사단은 폐하께 큰 힘이 되어줄 존재입니다. 실제로 보시면 아마 폐하께서도 깜짝 놀라실 겁니다. 더 놀라운 건 아직 그들이 완성 단계가 아니라는 겁니다. 후임자가 정해질 때까지 그곳에 있도록 허락해주십시오."

라키아의 마음이야 어떻든 결정권은 황제에게 있다. 황제가 그래도 라키아가 돌아오길 바란다면 라키아는 복귀할 수밖에 없는 것이다.

하지만 황제가 고집을 피우지 않을 거란 건 라키아도 알고 리안도 안다. 그는 제국의 황제이지만 누구보다도 신하들의 의견을 존중하는 이였다.

"알았어. 라키아의 뜻이 정 그렇다면 그렇게 해."

충분히 이해하면서도 마지못해 대답하는 까닭은 서운해서다. 라키아가 옆에 있어 준다면 훨씬 힘이 날 거라고 신이 나서 떠들던 그가 아닌가. 그 마음을 모르지 않기에 라키아도 리안도 죄스러운 마음이 들었다.

"휴우."

고개를 내저으며 크리스도 아쉬움을 표출했다. 럼블리 백작만이 다 이해한다는 듯 황제와 라키아를 번갈아 바라보며 미소를 짓고 있었다.

결사반대를 외치던 트레비스는 망연자실한 얼굴로 어깨를 축 늘어뜨렸다. 리안은 왠지 그게 자신 때문인 것 같아 말하기가 조심스러워졌다.

의도하지 않은 침묵 속에 분위기가 가라앉을 때 진이 물었다.

"그럼 비앙카도 로드리게즈 백작님을 따라 그곳으로 가게 되는 건가요?"

"그건 아닙니다. 제 대신 비앙카에게 저택과 영지를 돌보게 할 생각입니다. 옆에서 잘 좀 도와주십시오."

"……네?"

"비앙카가 그러더군요. 이제 진도 원래의 자리로 돌아가야 한다고. 제가 다시 고용하겠습니다. 비앙카의 곁에 계속 머물러 주십시오."

뜻밖의 제안에 진은 잠시 멍한 표정을 지었다. 그녀는 본래 황제의 어머니인 이벨라 황태후의 사람이었다. 외가에서 나고 자란 진을 라테스가 비앙카를 위해 특별히 불러올린 것이다.

5년을 함께 보내면서 비앙카를 누구보다도 사랑하게 되었지만, 진이 비앙카를 돌본 건 어쨌든 황제의 명 때문이었다. 그녀에게 라키아의 청을 받아들일 수 있는 선택권은 처음부터 없었다.

그녀가 대답을 망설이자 라테스가 자포자기한 음성으로 끼어들었다.

"진이 알아서 결정해. 나와 어머니는 신경 쓰지 말고."

"폐하……."

"5년이나 비앙카와 함께 지냈잖아. 떨어뜨려놓을 생각은 애초부터 없었어."

황제의 너그러움에 감격한 듯 진이 고개를 푹 숙였다. 지난 5년을 가족처럼 지낸 비앙카와 한순간에 남이 되어 따로 산다는 건 안 그래도 그녀에겐 너무 가혹한 처사였다.

"감사합니다, 폐하. 그럼 잘 부탁드려요, 로드리게즈 백작님."

잠시 후, 진이 눈부신 미소와 함께 라키아에게 자신의 결정을 알렸다. 라키아가 고맙단 말을 하려는 찰나, 문이 열리며 레지나가 다시 모습을 보였다.

"많이들 기다리셨죠?"

그녀의 뒤로 시녀들이 바퀴 달린 탁자를 끌며 들어오고 있었다. 탁자에는 다기 세트하며 군침이 도는 과자들이 종류별로 접시에 담겨 있었다.

"황후 마마께서 요새 홍차를 끓이시는 데 재미를 들이셨다고 하더니 저희들에게 직접 타주실 모양이네요."

"황후 마마께서 차를 말입니까?"

럼블리 백작의 설명에 리안은 눈이 동그래졌다. 레지나가, 물이라고는 평생 끓여본 적도 없는 자신의 동생이 직접 차를 끓이겠다니 믿을 수가 없었다.

"오빠, 놀랐어?"

레지나가 그런 리안을 충분히 이해한다는 듯 장난스럽게 웃었다. 그런 그녀의 손은 바쁘게 움직이고 있었다.

"결혼을 하니 배우고 싶은 게 몇 가지가 생기더라고. 이게 그중 하나야. 폐하께서 홍차를 좋아하시거든."

리안에게 수줍게 고백하는 레지나의 모습을 황제가 부드러운 눈빛으로 바라보았다. 조금 전까지만 해도 분명 라키아로 인해 시무룩한 표정이었는데, 언제 그랬냐는 듯 밝기만 했다.

역시 사랑의 힘은 위대하다고 리안이 중얼거릴 때, 황제의 앞에 가장 먼저 차가 놓였다.

"처음에는 많이 실패했지만 이제는 제법이라는 소리를 듣곤 해. 오빠에게도 타주고 싶었어. 물론 여러분들에게도요."

혹시나 마음이 상할까 싶어 레지나가 얼른 덧붙였다.

쪼르르.

찻잔에 물을 부으면 시녀들이 재빨리 그것을 일행이 있는 탁자로 옮겼다. 향긋한 차향이 곧 실내를 뒤덮었다.

"과자와 함께 드시면 더욱 맛있답니다."

마지막으로 과자까지 놓이자 완벽한 세팅이 끝났다. 황제를 시작으로 다들 조심스럽게 차를 음미했다.

레지나는 긴장된 시선으로 주위를 살폈다. 오늘은 그녀가 아는 한 아무런 실수도 하지 않았다. 그럼에도 평가가 어떻게 나올지 내심 두근거렸다.

"와아, 이런 맛은 처음이에요!"

제일 먼저 진이 감탄을 금치 못하며 놀라운 표정을 지었다. 럼블리 백작도 질세라 엄지손가락을 추켜세우며 열심히 찻물을 들이켰다.

"역시 오늘도 최고의 맛이군."

황제까지 칭찬하자 레지나의 볼이 발그레 물들었다. 그 모습을 사랑스러워 죽겠다는 듯 황제가 지켜봤다.

누가 기사들 아니랄까 봐 라키아와 크리스, 트레비스는 말없이 묵묵히 고개를 끄덕이며 맛이 좋다는 걸 간접적으로나마 표현했다.

남은 건 리안의 평이었다. 오빠인 리안이 아무런 반응이 없자 레지나가 불안한 듯 미간을 오므렸다.

하지만 미소가 지어지는 건 순식간이었다. 따뜻한 오빠의 눈빛에 그녀의 불안감은 단번에 날아갔다.

"황후 마마의 차 맛이 일품이라는 건 인정하겠습니다. 그러니 폐하, 이제 말씀해 주십시오. 오늘 저희들을 소집하신 이유가 무엇입니까?"

그렇게 얼마나 지났을까.

모두를 대신해서 라키아가 물었다. 지금 자리에 모인 이들은 모두가 황제의 최측근 사람들이었다. 갑자기 불러 모은 데에는 그만한 이유가 있을 것이다. 그것은 라키아뿐 아니라 다들 느끼는 바였다.

황제가 레지나에게 잠시 나가 있으라는 눈빛을 보냈다. 그녀도 나중에는 알게 되겠지만 미리부터 걱정을 시키고 싶지 않은 그의 배려였다.

레지나는 조금의 망설임도 없이 일어나 자리를 비켰다. 그런 동생의 뒷모습을 바라보는 황제의 얼굴이 사뭇 비장해서 리안은 내심 불안했다.

대체 무슨 말씀을 하시려는 것일까. 리안은 전혀 짐작이 가지 않았다.

"내가 자네들을 부른 이유는 이제는 시작하고 싶어서네."

리안의 고운 눈매가 살짝 찡그려졌다. 황제는 고작 운을 떼었을 뿐이지만 그 한마디로 충분했다.

성혼을 하시기 전 자신을 찾아와 말씀하셨다. 더 이상 꼭두각시로는 살지 않겠다고. 황제는 라키아가 돌아온 지금에야

비로소 결심을 실천하실 생각인 것이다.

너무 이른 건 아닐까?

리안의 걱정이 앞설 때 라키아의 물음이 이어졌다.

"폐하, 무엇을 시작하신다는 것인지 말씀해 주십시오."

"언젠가 라키아에게도 말한 적 있잖아. 어른이 되면 나의 정치를 펼치겠다고. 기억해?"

"네, 기억하고 있습니다."

어린 시절 입버릇처럼 하시던 말씀이었다.

지금 시작해도 되는 것일까?

리안처럼 라키아도 걱정이 먼저 드는 건 어쩔 수 없었다.

"그걸 지금 시작하려 해. 이미 눈치 챘겠지만 그러니 좀 도와달라고 부른 거야."

"폐하, 신은 언제나 폐하의 뜻에 따를 겁니다."

크리스가 언제나처럼 절도 있는 음성으로 재빨리 대답했다. 럼블리 백작은 무슨 생각을 하는지 골몰한 표정을 짓고 있었다.

"미천하지만 저도 폐하의 뜻에 따르겠습니다."

트레비스와 진이 황제의 사람이긴 하나 리안과 라키아와 같은 이유로 불려온 것은 아니었다. 마지막 보고를 하러 왔다가 얼떨결에 합세하게 된 둘은 실상 지금의 자리가 굉장히 어려웠다.

우직한 사나이답게 트레비스가 굳건히 대답한 반면 진은 얌전히 돌아가는 상황을 주시했다. 만일 비앙카에게 다시 무슨 일이 생긴다면 그때도 자신이 꼭 지키겠노라 다짐을 하면서.

"왜 대답들이 없어? 안 도와줄 거야?"

심각해진 분위기가 싫었는지 황제가 일부러 장난스러운 어조를 뱉었다. 하지만 그럼에도 아무도 대답하지 않았다.

황제가 말한 '나의 정치'라는 것.

말 그대로 그것은 이제부터 황제의 뜻대로 정치를 펼치겠다는 뜻이다. 그리고 그것은 곧 공작들에게 전쟁을 선포하는 것이나 다름없었다.

타운젠드 공작과 맥카시 공작.

그 둘은 제국이라는 거대한 땅덩이를 자신들 마음대로 수십 년을 주물러온 노련한 책략가이자 정치가였다.

그런 자들을 황제가 과연 견뎌낼 수 있을까?

모두가 걱정하는 건 그거였다. 도와주고 말고는 애초부터 고민 사항이 아니었다. 두 공작에게서 황제를 무사히 지켜낼 수 있을까 하는 것이 그들의 가장 큰 숙제였다.

황제라고 그런 마음을 왜 모를까.

장난스런 말투를 버리고 그가 진지해졌다.

"현 체제는 대부분 내가 아닌 공작들이 만든 것들이야. 제일 먼저 그것들을 뜯어고치고 싶어."

"공작들의 반발이 만만치 않을 텐데요?"

"각오하고 있어. 반발이 없다면 공작들이 아니지."

경험상 공작들이 조용히 따라올 땐 항상 보복이 뒤따르곤 했다. 어떤 식으로든 반드시 자신들이 위에 있음을 알려주는 것이 두 공작의 방식이었다.

마치 제국의 주인이 자신들인 양 거들먹거리는 것은 이제 오늘로써 끝이다. 어리고 힘이 없어 그동안은 참아왔지만 앞으로는 아니었다.

이제 자신은 더 이상 어린애가 아니었다.

힘이 되어주는 사랑하는 아내가 있고, 라키아가 돌아왔으며, 근래 가장 큰 힘을 보태주고 있는 리안과 언제나 옆에 있어주는 럼블리 백작과 크리스가 있다.

좋은 사람들을 주변에 둔 덕분에 지지하는 귀족들의 수도 차츰차츰 늘어나고 있었다.

상승세를 타고 있는 지금이 반격을 할 적기임을 라테스는 본능으로 깨달았다.

"우선 사병의 수를 줄일 거야. 그리고……."

라테스가 그간 준비해왔던 생각들을 하나씩 하나씩 풀어놓았다. 생각보다 훨씬 긴 이야기였지만 누구 하나 얼굴을 찌푸리지 않고 경청했다. 그들이 다음을 기약하며 헤어진 시간은 밤이 지나고 조용히 해가 뜰 무렵이었다.

제10화

선전 포고

길고 하얀 손가락이 용기 있게 문으로 다가갔다. 하지만 지금껏 그러했듯 곧 허공에서 멈추었다. 그러다 잠시 후 다시 용기를 내 힘을 주었지만 끝내 문을 두드리지는 못했다.

'내가 이렇게 바보 같다니, 믿을 수가 없어.'

스스로가 정말 한심스러웠다. 엘은 깊은 한숨을 내쉬며 절망감에 고개를 떨어뜨렸다.

그때 갑자기 예고도 없이 눈앞의 문이 벌컥 열렸다.

"어?"

엘과 리안의 눈이 마주쳤다. 장난을 치다 들킨 어린아이처럼 엘이 후다닥 그 시선을 피하며 뒤로 물러났다.

"에나벨이었군요. 난 밖에서 누가 왔다 갔다 하기에 청소 중인 줄 알았어요."

"……"

"아무튼 잘 됐네요. 안 그래도 에나벨을 만나러 가려고 했는데."

"……저를 말입니까?"

"네, 어서 들어오세요."

리안은 옆으로 몸을 비켜서며 안을 가리켰다. 엘은 잠시 망설이다가 쭈뼛쭈뼛 안으로 들어갔다.

"그런데 에나벨은 무슨 일이죠? 혹시 제게 할 말이 있어서 찾아온 건가요?"

문을 닫고 엘의 뒤를 따라 걸으며 리안은 별 뜻 없이 물었다. 그러나 그 물음에 소파에 앉던 엘은 어깨를 흠칫 떨었다. 할 말이 있어서 온 것은 맞으나 어떻게 털어놔야 할지는 앞이 캄캄한 탓이다.

"에나벨?"

어쩐지 평소답지 않은 그녀의 태도에 리안은 눈썹을 모았다. 그러자 엘이 마치 찔리는 게 많은 사람처럼 손으로 입을 가리며 헛기침을 터뜨렸다.

"백작님부터 말씀하십시오."

"……알겠습니다. 어디 아픈 건 아니지요?"

"아닙니다."

리안의 걱정스러운 말투에 엘이 절대 아니라며 손을 저었다. 리안은 왠지 믿음이 안 갔지만 그녀가 그렇다니 일단 넘어갔다.

"에나벨에게 이걸 주고 싶어 찾아가려고 했습니다."

리안은 품에서 무언가를 꺼내 엘에게 건넸다.

"이게 뭐죠?"

"꺼내보세요."

의아해하는 엘을 보며 리안은 방긋 웃었다.

리안이 건넨 건 가죽으로 만들어진 작은 상자였다. 엘은 궁금한 눈빛으로 조심스럽게 상자를 열어보았다.

"……!"

그리고 곧 할 말을 잃었다. 상자 속에 든 건 그녀가 짐작조차 하지 못한 물건이었다.

황금색 줄에 푸른 보석이 점점이 박힌 우아한 모양의 팔찌. 이런 걸 받아본 적이 언제였는지 지금은 기억도 나지 않는다. 더욱이 아버지가 아닌 타인에게서 이런 걸 받기는 처음이었다.

"마음에 안 드나요?"

상자를 든 채 굳은 듯 앉아 있는 에나벨에게 리안은 조심스럽게 물었다. 그러자 그녀가 재빨리 고개를 저으며 상자를 내려놓았다.

"아니요. 아주 예쁩니다."

"바람의 벗이라는 발찌인데, 혹시 들어보셨나요?"

"팔찌가 아니라 발찌인가요?"

그제야 에나벨이 상자에서 발찌를 꺼내보았다. 그리고 보니 팔찌 치고 줄이 긴 것 같기도 하다.

'사파이어인가?'

투명하면서 푸른빛을 발하는 보석이 엘은 한눈에 마음에 들었다. 왠지 그곳에서 시원한 바람이 불어오는 듯한 착각마저 들었다.

"저도 처음에는 팔찌라고 착각했었는데 발찌더군요. 아티팩트입니다."

"네?"

놀랄 줄 알았다. 자신을 향해 두 눈을 치켜뜨는 엘을 보며 리안이 피식 웃었다.

"조금 전에 말씀드렸다시피 바람의 벗이라는 아티팩트입니다. 만든 이가 불분명하지만 아주 유명한 아티팩트라고 들었는데 모르시나보군요."

"설마 그 바람의 벗……?"

에나벨이 누구인가. 그녀는 아버지를 따라 어릴 때부터 정보계에서 나고 자란 베테랑 중에서도 베테랑이었다. 그런 그녀가 바람의 벗을 어찌 모를까.

생각지도 못한 선물을 받았다는 것에 놀라 지금껏 자각을 못했을 뿐 손에 든 물건이 얼마나 대단한지는 그녀도 매우 잘 알고 있었다.

멍하니 중얼거리던 그녀가 한손에 바람의 벗을 올려놓고 자세히 들여다봤다.

역시 느낌이 틀리지 않았다. 극성의 헤이스트 마법이 걸려 있는 아티팩트답게 보는 것만으로도 특유의 빠름과 시원함이 전해졌다.

'이걸 왜 나에게?'

그녀의 머릿속에 작은 의문이 떠오른 것은 그때였다. 워낙 놀라운 사람이니 어디서 났냐고 물어보고 싶은 마음은 애초부터 들지 않았다.

하지만 어째서 이런 귀중한 것을 자신에게 주는 것인지 엘은 궁금했다. 그 의문을 풀어주고자 리안이 말했다.

"그동안 고마웠다는 뜻에서 드리는 겁니다. 그리고 앞으로 그게 필요할지 모릅니다."

필요할지 모른다?

자신도 모르게 두근거렸던 마음이 서서히 진정되며 새롭게 눈이 떠졌다. 엘은 침착함을 잃지 않으려고 애쓰며 리안을 마주보았다.

"폐하께서 곧 중대 발표를 하실 겁니다. 예상했겠지만 그 발표는 공작들의 입장과는 정반대가 될 겁니다. 저는 황후의 오라비이고, 그런 저를 루센 정보 길드가 돕는다는 건 공작들도 다 아는 사실이죠."

"……제가 위험해질 수도 있다는 뜻입니까?"

"네, 폐하께서 나서신 이상 공작들도 이전처럼 가만히 있지는 않을 겁니다. 차이로 인해 긴장한 공작들이 병력 재점검에 들어간 걸 보고한 사람이 바로 에나벨입니다."

당장 출격해도 아무 이상이 없을 정도로 공작들의 병력은 완벽한 상태였다. 에나벨은 손에 들고 있던 바람의 벗을 다시 상자 속에 넣었다.

"무슨 말씀이신지 잘 알겠습니다. 하지만 이건 받을 수 없습니다."

그녀가 상자를 리안에게로 밀었다. 한 번의 거절은 어느 정도 예상했던 일. 리안은 상자를 엘에게로 다시 밀었다.

"백작님, 저는 절대로……."

"에나벨은 나에게 중요한 사람입니다. 그리고 바람의 벗은 내게도 아주 소중한 것입니다. 에나벨이 저를 대신해서 소중히 써주었으면 합니다."

"하지만……."

"하지만은 없습니다. 그냥 받아주세요."

지금까지는 아무 탈 없이 잘 지나왔지만 이제부터는 모를 일이었다. 공작들이 리안의 정보망을 차단하겠다고 마음을 먹는다면 가장 위험해지는 건 리안이 아닌 엘이었다. 그녀에게는 아직 말하지 않았지만 리안은 그녀의 호위를 늘이기로 이미 결정을 마친 상태였다.

"그럼 이제 에나벨이 절 찾아온 용건에 대해 듣기로 하죠. 무슨 일이죠?"

엘의 거절을 막기 위해서 리안은 서둘러 말을 돌렸다.

"아, 저 그게……."

갑작스러운 화제 전환에 엘은 연이어 말을 잇지 못했다. 귀중한 선물을 받았다는 사실에 놀라 조금 전의 일은 그만 까맣게 잊고 있었다.

"말씀하세요."

리안은 여유로운 미소를 입가에 띤 채 엘을 바라봤다.

엘은 고민스러웠다. 일단 그 말을 하기 위해 온 것이긴 하지만 왠지 지금 말하려니 입이 떨어지지가 않았다.

'그냥 갈까?'

일보 후퇴를 막 결정지으려는 찰나였다.

"에나벨?"

두 귀로 자신을 부르는 리안의 음성이 또렷하게 들렸다.

에나벨…….

싫다. 언젠가부터 그의 입에서 나오는 에나벨이란 저 소리가 그녀는 정말 싫었다. 다른 누구도 아닌 바로 자신이 원해서 저렇게 불리게 된 것인데도 말이다.

'에나벨이 아니라 이제는 엘이라고 불러주세요.'

아까부터 엘은 이 말이 하고 싶었다. 그래서 그토록 문 앞을 서성거렸던 것이다.

하지만 입술이 좀처럼 벌어지지가 않았다. 어떻게 운을 떼어야 할지 정신이 아득했다.

"아까부터 정말 이상하네요. 에나벨, 어디 아픈……."

"엘! 엘…… 입니다."

"……?"

"이제부터 엘이라고…… 불러주세요."

얼굴이 홍당무처럼 빨개진 게 느껴졌다. 창피하지만 속은 십 년 묵은 체증이 사라진 것처럼 아주 시원했다.

황당한 얼굴로 두 눈을 깜박이던 리안의 눈가가 이내 웃음으로 인한 잔주름이 잡혔다.

엘에게도 이런 모습이 있었던가?

언제나 차갑고 무표정하기만 하던 그녀가 얼굴을 붉히는 모습은 리안에게 색다른 충격이었다.

"오해하실까 봐 첨언하자면 이런 걸 받았다고 그러는 게 아닙니다."

그녀가 가리키는 건 탁자 위에 놓인 바람의 벗이었다.

"처음부터 이 말씀을 드리려고 찾아왔던 겁니다. 그러니 오해하지 마십시오."

"당연히 그렇게 생각하지 않았습니다. 그러니 걱정하지 말아요, 엘."

"……그럼 다행이고요."

처음으로 '에나벨'이 아닌 '엘'이라 불리었다. 알 수 없는 뿌

듯함이 가슴 속으로 번지며 엘은 기분이 묘해졌다. 앞으로도 계속 이렇게 불릴 것을 생각하자 절로 입가에 미소가 피었다.

리안의 부드러운 음성이 이어졌다.

"감사합니다."

"……?"

"친한 몇 사람만 그렇게 부른다면서요. 이제는 저도 친한 사람이 되었다는 뜻이겠죠?"

"아, 그때는 제가 버릇없이……."

"아닙니다. 이제라도 엘이라고 부를 수 있게 되어서 다행입니다."

리안은 정말로 기분이 좋았다. 엘은 그동안 보이지 않는 선을 그어왔다. 그 선 때문에 그녀를 대할 때면 리안도 항상 남들보다 신경을 세우곤 했다.

이제는 조금 더 그녀와 친구처럼 편하게 지낼 수 있게 되었다고 생각하니 훨씬 더 든든하게 느껴진다.

"참, 보웬 남작은 약속을 잘 지키고 있던가요?"

민망해서 얼굴을 제대로 들지 못하는 엘을 위해 리안은 또한 번 일부러 화제를 돌렸다. 정보 길드의 마스터답게 투철한 직업 정신을 발휘하며 엘이 또박또박 답변했다.

"현재까지는 잘 지키고 있습니다만, 백작님께서도 아시다시피 남작은 입이 무거운 편이 아닙니다. 그래서 걱정입니다."

"보웬 남작의 입이 무거운 편이 아니라는 데에는 저도 동감

합니다. 하지만 그래도 약속은 지킬 줄 아는 사람이죠. 차이에 대해 함부로 떠들지는 않을 거예요."

"가만 보면 백작님께선 보웬 남작을 남들보다 높이 평가하시는 경향이 있습니다."

남작은 엘이 딱 싫어하는 타입의 전형적인 남자였다. 그녀가 작게 인상을 쓰자 리안이 미소를 지었다.

"사람은 누구에게나 장점과 단점이 있으니까요. 보웬 남작은 단점이 너무 두드러져 보일 뿐 나쁜 사람은 아닙니다."

리안이 끝까지 남작을 두둔하자 엘은 왠지 모를 서운함을 느꼈다. 자신보다 남작을 중요하게 여기는 것일까?

'헛! 내가 무슨……'

어린애 같은 상상에 엘은 하마터면 비명을 지를 뻔했다. 어쩌자고 이런 생각까지 하게 되는지 스스로가 정말 기가 찼다. 더 있다가는 또 어떤 실수를 할지 몰랐다.

"저는 그럼 이만 일어나겠습니다."

그녀가 후다닥 자리에서 일어나 바람의 벗을 챙기고는 부리나케 문으로 사라졌다. 평소답지 않은 엘의 모습에 리안은 그저 고개를 갸웃거릴 뿐이었다.

*　　　*　　　*

"폐하께서 드십니다."

시종의 알림에 대신들은 물론이고 서기관을 비롯한 대전 안의 모든 사람들이 일제히 자리에서 일어났다.

우우웅.

거대한 문이 열리는 소리가 공간을 울리며 퍼져나갔다. 그리고 그 사이로 제국 로젠바움의 황제 라테스가 들어섰다.

화려한 왕관을 쓰고 멋지게 제복을 차려입은 라테스는 어느 때보다 위풍당당했다. 그의 눈에는 힘이 넘쳤고 온몸에선 패기가 흘렀다.

기다리고 기다렸던 시간.

그에게 오늘은 결전의 날이었다.

"고개를 드시오."

황제의 부드러운 음성에 대신들이 숙이고 있던 허리를 그제야 폈다. 그리고 다들 깜짝 놀랐다.

"아니, 라키아 경이 왜……."

황제의 옆에 라키아가 서 있었던 것이다. 단상에 서자 안 그래도 큰 키가 더욱 크게 느껴지며 그의 존재를 부각시켰다.

"헤이스버트 백작."

"네, 폐하."

"라키아 경이 아니라 이제는 로드리게즈 백작이오. 백작의 신분을 함부로 낮추어 부르지 마시오."

"송구합니다, 폐하. 그만 저도 모르게 버릇이 되어나서……. 시정하겠습니다."

황제의 노골적인 지적에 헤이스버트 백작은 급히 잘못을 사죄했다. 뜻밖의 인물을 뜻하지 않은 상황에서 만나게 된 탓인지 그만 실수를 하고 말았다. 탐탁지 않은 눈빛으로 자신을 바라보는 맥카시 공작의 시선이 느껴지자 백작은 쥐구멍에라도 숨고 싶은 심정이었다.

"알다시피 억울한 누명으로 죽기 전까지 로드리게즈 백작은 이곳에서 그대들과 함께 국무회의에 참석했었소. 라키아가 그 작위를 이었으니 국무회의에 참석할 자격은 충분하다고 생각하오. 짐과 생각이 다른 자가 있다면 지금 말하시오."

만일 그런 자가 있다면 가만두지 않겠다는 듯 라테스는 도전적인 눈빛으로 대신들을 훑었다.

타운젠드 공작은 두 눈을 가늘게 모았다. 어딘지 이상했다. 요 근래 황제가 자신만만한 모습을 보이긴 했어도 이런 느낌은 아니었던 것이다.

마치 그 위에 무언가 덧씌워진 듯한 기분. 그것이 무엇인지는 모르겠지만 왠지 불길한 예감이 불현듯 몰려왔다.

"이럴 줄 알았소. 역시 그대들과 짐은 생각하는 바가 비슷하군."

진심에도 없는 말을 늘어놓으며 라테스가 방긋 웃자 대전 안의 분위기가 묘하게 바뀌었다. 마치 살얼음판 위를 걷듯 황제와 공작들 사이의 공기가 팽팽하게 당겨졌다.

라키아는 이렇다 할 말없이 조용히 단상 위를 내려가 대신들과 함께 섰다. 다수 중 한 명이지만 그 한 명이 라키아라는 사실에 라테스는 천군만마를 얻은 듯했다.

그가 호기롭게 운을 뗐다.

"오늘은 특별히 짐이 먼저 안건을 내놓을까 하는데, 괜찮겠소?"

"말씀하십시오, 폐하."

재상인 타운젠드 공작이 깊이 부복하며 대답했다. 그런 공작을 비릿한 눈으로 쳐다보며 황제가 말했다.

"짐의 나이 열 살 때, 그러니까 지금으로부터 11년 전이겠군. 기억하기로 황제가 되자마자 짐이 한 일은 제국의 군법과 세법을 바꾸는 일이었소. 물론 짐이 낸 의견은 아니었지."

"……."

"그땐 너무 어려 아무것도 모를 때라 그저 대신들이 하자는 대로 따랐던 것 같소. 그대들이 얼마나 답답했을지 생각하면 지금도 참 미안한 마음이 드오."

말만 그렇지 황제는 전혀 미안한 얼굴이 아니었다. 위로 치켜 올라간 매서운 눈매와 낮게 가라앉은 음성은 오히려 분노에 가까웠다.

"세월이 흘러 짐도 어엿한 성인이 되고 성혼까지 올렸소. 그동안 열심히 학문에 정진한 덕분에 무엇이 잘못되었는지도 보이더군. 좋은 왕은 자신의 잘못을 바로잡는 왕이라는 말이 있소. 그래서 짐도 좋은 황제가 되고자 나의 잘못을 바로잡을까 하오."

"폐하, 폐하께서는 어린 연치에도 불구하시고 제국을 훌륭히 이끄신 성군이셨습니다. 잘못이라니요. 당치도 않습니다!"

"스웨르겐 백작, 신하들의 잘못은 곧 군주의 잘못이오."

이보다 더 핵심을 찌르는 말이 있을 수 있을까?

라테스의 의미심장한 발언에 백작은 말을 잇지 못했다.

서론이 너무 길었다. 라테스는 타운젠드 공작과 맥카시 공작에게서 눈을 떼지 않고 쐐기를 박듯 말했다.

"짐은 현 조세법과 군법을 11년 전의 상태로 되돌리자는 안건을 내걸까 하오."

"폐, 폐하!"

결국 이것이었나.

도발하듯 자신을 바라보는 황제를 보며 타운젠드 공작은 어금니를 깨물었다. 맥카시 공작 또한 어이가 없다는 듯 황제를 올려다봤다.

지금의 황제가 황위에 오르고 군법은 두 번, 세법은 무려 다섯 번이나 바뀌었다. 당연히 그때마다 황제가 아닌 귀족들에게(정확히는 공작들에게) 유리한 쪽으로 변경되었다.

그것을 바로 이전도 아니고 11년 전으로 되돌리자니 그게 말이나 되는가?

타운젠드 공작과 맥카시 공작은 생각지도 못한 황제의 반격에 얼이 나갔다.

그러나 황제의 말은 거기서 끝난 게 아니었다.

"하나 더, 국경 수비대를 지금의 두 배로 늘릴 생각이오. 황궁에서는 더 이상 차출할 인원이 없으니 그것을 두 공작들이 맡아서 해주었으면 하오."

"폐하, 국경 수비대가 몇 명인지는 알고 하시는 말씀입니까?"

가만히 듣고만 있었더니 글렌은 기가 막혔다. 황제가 갑자기 미치지 않고서는 이럴 수 없다.

"타운젠드 백작, 그대는 아직도 내가 열 살 어린아이로 보이는가?"

라테스는 글렌의 무례한 말투를 굳이 꼬집지는 않았다. 다만 싸늘한 눈빛으로 그를 곧게 응시했다. 글렌도 피하지 않고 그 시선을 받았다.

"그럴 리가 있겠습니까, 폐하. 신은 그저 폐하께서 모르시는 것을 알게 하고자 드리는 말씀입니다."

"그대는 짐을 자신의 나라를 지키는 병사들의 수도 모르는 얼간이 황제로 만드는군."

"……송구합니다."

결국 꼬리를 먼저 내린 쪽은 글렌이었다. 라테스는 잠시 더 글렌을 쏘아보다가 조용히 읊조렸다.

"십오만. 제국의 국경을 지키고 있는 수비대의 숫자요."

"……."

"어제 들어온 소식에 의하면 아리아드나 왕국과 플라헤티 왕국 간에 국교가 성립되면서 많은 물자와 인력들이 오가기 시작했다고 하오. 두 왕국의 전신이 어디인지는 굳이 말하지 않아도 알 것이오."

로젠바움 제국이 지금까지 대륙의 패자로 군림할 수 있는 가장 큰 이유는 라이벌이었던 제바 제국의 분열이었다. 사소한 당파 싸움이 전쟁까지 불러일으켜 제국이 둘로 쪼개지는 데에는 그리 오랜 시간이 걸리지 않았다.

두 왕국으로 갈라지고 나서도 심각한 갈등으로 대립하던 두 나라는 이십 년이라는 시간이 지난 지금에서야 기적적으로 화해를 하고 손을 잡았다.

오랜 세월을 떨어져 지냈지만 두 왕국의 뿌리는 원래부터 하나. 라테스는 제국의 황제로서 그들을 좌시할 수 없었다.

"증강된 병사로 국경 수비를 강화함은 물론, 대륙에 퍼져 있는 공국으로도 병사를 파견할까 하오. 그래서 필요한 숫자가 지금의 두 배가 된 것이오. 타운젠드 백작, 설명이 더 필요하오?"

"미천한 신, 폐하의 뜻 충분히 알아들었습니다. 하오나 폐하, 십오만이나 되는 병사를 두 공작 전하께만 일임하신 건 너무 가혹한 처사가 아니옵니까? 그렇게 되면 공작 전하의 영지는 누가 지킨단 말입니까?"

"맞습니다, 폐하. 십오만을 반으로 나눈다고 쳐도 무려 칠

만오천입니다."

"헤이스버트 백작, 셈은 짐도 할 줄 아오."

끼어드는 백작을 라테스가 못마땅한 눈초리로 쳐다봤다. 그가 공작들에게 직접 물었다.

"타운젠드 공작, 맥카시 공작. 그대들이 직접 말해 보시오. 십오만의 병사가 그대들이 감당할 수 없는 숫자인가?"

지금껏 황궁의 눈을 피해 몰래 키운 병사의 수가 양쪽 합쳐 삼십만 명을 웃돈다.

11년을 배불리 먹으며 힘을 키웠으면 그 정도는 내어줄 수 있지 않겠소?

라테스는 입으로 뱉어내고 싶은 걸 겨우 참으며 공작들에게 눈으로 물었다.

"……생각해 보겠습니다."

일언지하에 거절하고 싶은 마음이 굴뚝같지만 두 공작은 이곳이 대전임을 상기하며 겨우 대답했다.

"제국을 위하는 답변 기대하겠소."

라테스의 얼굴에는 이미 승리의 미소가 피어 있었다.

마땅히 황제라면 귀족의 사병을 쓸 수 있는 권한이 있다. 황제는 그러라고 귀족들에게 봉토와 작위를 하사한 것이다.

하지만 라테스는 지금껏 그런 권한을 사용한 적이 한 번도 없었다. 그랬다면 꼭두각시 황제라고 불리지도 않았을 것이다.

예전이었다면 그건 안 될 말이라며 자신을 세워놓고 설파하고 있을 두 공작들이 생각해 보겠다는 말을 했다. 그러니 어찌 웃지 않을 수 있겠는가?

그간 받아왔던 모욕이 조금이나마 해소되며 라테스에게 더욱 용기를 심어주었다.

"마지막으로 한 가지 더."

두 공작이 들으면 기함할 말이 아직 하나 더 남았다. 대놓고 인상을 찌푸리는 공작들을 향해 라테스가 나직한 음성을 뱉었다.

"지금의 세법을 11년 전의 세법으로 바꾸는 것과 별개로, 황실에 바치는 귀족들의 세금을 소득별로 나눌까 하오."

"폐하, 그것이 정확히 무슨 말씀이십니까?"

"제국엔 많은 귀족이 있소. 그리고 그 귀족들은 대개 자신들의 영지를 가지고 있지. 하지만 영지의 부유함은 각기 천차만별이오."

대신들의 눈이 휘둥그레졌다. 황제의 얘기는 더 듣지 않아도 되었다. 그가 무슨 말을 하는지 예상하지 못한다면 이곳에 있을 자격이 없었다.

그래도 확인을 하고 싶은 게 사람 마음, 맥카시 공작 측에서 누군가 물었다.

"……폐하, 혹 그 말씀은 부유한 영지를 가진 귀족들에게 그렇지 못한 귀족들보다 더 많은 세금을 걷으시겠다는 말씀입니까?"

"그렇소. 지금의 제국은 너무 불균형하오. 더 많이 가진 자들이 세금을 조금만 더 낸다면 낙후된 지역을 살릴 수 있소. 지방을 활성화 시키면 우리 제국의 앞날이 지금보다는 훨씬 밝지 않겠소?"

황제는 신이 난 목소리지만 그것에 부응하는 이는 아무도 없었다. 당연했다. 대신이라 함은 제국의 대표가 되는 귀족이나 마찬가지다. 그것은 다르게 말해서 그들 전부가 부유한 귀족이라는 뜻이다.

자신들의 밥그릇이 줄게 생겼는데 어느 누가 기뻐할 수 있단 말인가?

오늘의 황제는 아주 작정하고 덤비고 있었다. 어디서 이런 기세가 나오는지 눈 하나 깜짝하지 않고 자신들을 우롱하고 있었다.

맥카시 공작은 맞은편 대각선을 바라봤다. 그의 시선이 향한 곳엔 무표정하지만 매우 통쾌해 보이는 라키아가 있었다.

'저놈을 믿고 이러는 것인가.'

눈엣가시 같은 존재.

아무런 준비도 하지 못해 지금은 참지만 내일은 다를 것이다. 어차피 황제는 '안건'을 말한 것일 뿐이었다. 안건이 효력을 발하려면 토의를 거쳐 결정이 되어야 한다.

그 토의에는 황제도 참여하지만 주축이 되는 건 언제나 귀족들이었다. 황제의 뜻대로 되지는 않을 것이다.

두 공작은 주먹을 말아 쥔 채 대전 안을 나왔다. 황제에게 반격을 가하기 위해선 서둘러 자신들끼리 의견을 타진해야 했다.

하지만 그런 그들의 발길을 멈추게 하는 것이 있었으니 리안이었다. 회의가 끝나길 기다렸다는 듯 리안이 복도의 저 끝에서 걸어왔다.

두 공작은 약속이라도 한 듯 자리에 멈춰 섰다. 느린 그림처럼 리안이 그런 공작들의 앞으로 천천히 다가갔다.

싸늘한 두 개의 시선이 리안을 노려봤다.

황제의 처남이자 5서클의 대마법사이며 제국민들로부터 가장 많은 사랑과 존경을 받는 귀족.

리안을 설명하는 수식어는 많다. 생각해 보면 오늘 본 황제의 자신감은 라키아보다는 이쪽에서 나왔을 것이다.

언젠가부터 상대는 감당하기 어려울 정도로 커나가고 있었다. 싹을 잘라버리려고 할 때는 이미 늦은 뒤였다. 같은 편이 아니라면 이제는 제거해야 할 정도로 위협적이었다.

"……그대의 입김인가?"

황제의 안건은 그간 리안이 보여 왔던 행보와 비슷한 면이 많았다. 전부는 아닐지라도 적지 않은 영향을 끼쳤다는 게 그들의 생각이었다.

리안은 대답하지 않았다. 공작들의 뒤로 황제의 모습이 보였기 때문이다. 리안은 가볍게 목례하며 그들을 지나쳤다. 아니, 지나치려고 했다.

"감히……!"

리안의 무례함에 맥카시 공작은 저도 모르게 주먹을 쥐며 리안의 앞을 가로막았다. 하지만 그가 대면한 건 리안이 아니었다.

흑색의 무복에 잿빛 머리칼을 가진 장신의 남자, 차이였다. 지금껏 얌전히 리안의 뒤에 시립하고 있던 차이가 리안을 보호하고자 나선 것이다.

자신을 향해 번뜩이는 차이의 검은 눈동자를 본 순간 맥카시 공작은 그대로 얼어붙었다. 황제로 인해 잠시 동안 까맣게 잊고 있었다. 리안의 곁에 누가 있는지를.

차이의 눈동자가 경고하듯 빛을 발했다. 맥카시 공작은 물론 옆에 있던 타운젠드 공작 또한 한동안 아무것도 하지 못한 채 우두커니 서 있었다.

그런 그들의 뒤로 리안과 황제 간의 다정한 대화 소리가 환청처럼 머릿속을 울렸다.

『마법군주』7권에서 계속

작가 블로그 http://balen.tistory.com/

DREAMBOOKS ★

DREAMBOOKS★

DREAMBOOKS★

DREAMBOOKS★